Walter Serner

Gesammelte Werke
in zehn Bänden

III

Walter Serner

Gesammelte Werke
in zehn Bänden

Herausgegeben von Thomas Milch

Band I
Über Denkmäler, Weiber und Laternen
Frühe Schriften

Band II
Das Hirngeschwür
Dada

Band III
Zum blauen Affen
Dreiunddreißig Kriminalgeschichten

Band IV
Der elfte Finger
Fünfundzwanzig Kriminalgeschichten

Band V
Die Tigerin
Eine absonderliche Liebesgeschichte

Band VI
Der Pfiff um die Ecke
Zweiundzwanzig Kriminalgeschichten

Band VII
Posada oder Der große Coup im Hotel Ritz
Ein Gauner-Stück in drei Akten

Band VIII
Die tückische Straße
Neunzehn Kriminalgeschichten

Band IX
Letzte Lockerung
Ein Handbrevier für Hochstapler
und solche die es werden wollen

Band X
Der Abreiser
Materialien zu Leben und Werk

WALTER SERNER

Zum blauen Affen

Dreiunddreißig Kriminalgeschichten

Goldmann Verlag

Die vorliegende Ausgabe der *Gesammelten Werke* Walter Serners beruht auf der von Thomas Milch herausgegebenen Werkausgabe: Walter Serner, *Das Gesamte Werk*, die zwischen 1979 und 1984 in acht Einzel- und zwei Supplementbänden im Klaus G. Renner Verlag, Erlangen und München, erschienen ist und der im Kern die 1927 im Paul Steegemann Verlag, Berlin, erschienene siebenbändige Werkausgabe »letzter Hand« zugrunde liegt.
Für die vorliegende Ausgabe wurde die bei Klaus G. Renner erschienene Edition noch einmal sorgfältig durchgesehen: verbliebene Satzfehler wurden korrigiert, die Anmerkungen wurden verbessert und erweitert, und die Bandfolge wurde teilweise neu geordnet. So entspricht die Anordnung der zehn Bände nunmehr der Chronologie der Erstveröffentlichung der Werke Serners. Außerdem konnten die beiden Supplementbände in die Einzelbände integriert werden: Walter Serners juristische Dissertation *Die Haftung des Schenkers* erscheint jetzt in Band I, *Über Denkmäler, Weiber und Laternen*, und das von Thomas Milch zusammengestellte Gaunerwörterbuch *Das fette Fluchen* wurde in Band X, *Der Abreiser*, aufgenommen. In Band VII, *Posada*, wurde auf die Wiedergabe der Varianten des privaten Erstdrucks, Wien 1926, (vgl. Serner, *Das gesamte Werk*, Band 6, Erlangen und München 1980, S. 127-155) verzichtet.

Der Goldmann Verlag
ist ein Unternehmen der Verlagsgruppe Bertelsmann

Made in Germany · 1/90 · 2. Auflage
Genehmigte Taschenbuchausgabe

Umschlaggestaltung: Volker Pfüller, Berlin (DDR)
Druck: Presse-Druck Augsburg
Verlagsnummer: 9209
G. R. · Herstellung: Sebastian Strohmaier/AS
ISBN 3-442-09209-4

Inhalt

Mansardeskes . . . 7
Die Geschichte vom heißen Blütensamt . . . 9
Ein bedeutender Schlepper . . . 12
Zwei Ochsen . . . 17
Seilakt . . . 20
Philipp will sich rächen . . . 24
Wie Klara die Geduld riß . . . 27
Die bralasurende Saravala . . . 31
Eine eigenartige Konversation . . . 36
Der Pfirsich . . . 40
Kuhles ganz seltene Stunde . . . 43
Mizzis Verführung . . . 48
Die Gestufte . . . 52
Der Busenfreund . . . 55
Der rote Strich . . . 59
Der große Verbrecher . . . 63
Eine unhaltbare Konstellation . . . 68
Der Lebenskünstler . . . 72
Graf Ramuz Okenpunkolls Glück . . . 77
Unklarer Scherz . . . 81
Lola rangiert . . . 85
Peinliche Betriebsstörung . . . 89
Die Baumöl . . . 94
Der Doktor Sahob . . . 98
Die Rache des Serben Calenowitsch . . . 102
La dupe glissée . . . 107
Nierenräumer und der Sozialismus . . . 111
Angelisches . . . 116
Die Betörung der Excentrique Fanoche . . . 120
Trübe Sache . . . 124
Meg, der Troublist . . . 128
Fräulein Annas folgenschwerstes Abenteuer . . . 133
Verborgene Begabung . . . 138

Zu den Texten . . . 143

Mansardeskes

Peter pflegte alltäglich gegen drei Uhr nachmittags sich darüber zu ärgern, daß er erwacht war. Diesmal dachte er, es sei doch wirklich schamlos, daß man nach acht Uhr morgens dem Tag nicht mehr entgehen könne.

Dann spuckte er elfmal. Da er die Decke der Mansarde nicht treffen konnte, beschloß er, so lange emporzuspucken, bis er den Speichel, wenigstens einmal, so kerzengerade hochgeschleudert hätte, daß er in den Mund zurückfiele.

Endlich begann seine Zunge dick zu werden und matt. Er besaß noch so viel Kraft, den Polster umzuwenden und sein Haupt für den Schlaf trocken zu legen.

Abends träumte er, daß jemand, vielleicht eine Kreuzspinne, mit einer Kanone auf sein linkes Ohr schösse.

Fifis Füßchen verschwand in einem Hemd, das auf der innern Türschwelle einen graugelblichen Haufen bildete. Sie sagte deshalb sehr laut: ,,So ein Schwein!"

In Peters Hirn langte mit breitem Knall eine große Kugel an und bewirkte, daß sein Kopf aus dem Bett rutschte und so lange durch die Diele wollte, bis der hinterherdrängende Körper ihn auf die Seite legte.

Fifi befreite seine Füße, die noch in der Decke hingen, so gewissenhaft, daß die Fersen heftig niederklopften.

Während Peter infolgedessen bemerkte, daß er abermals erwacht war, ließ Fifi mit ihrem Posterieur auf ein Brett sich fliegen, das über zwei Kisten genagelt war, um einen Schreibtisch zu verwirklichen. Dabei pfiff sie: ,,Nanette, ma belle coquette . . ."

Peter kletterte auf seine Beine und äußerte, indem er leise erfreut auf das Bett sich ringelte: ,,Beethoven und die Klamauke."

Fifi fand diese Mitteilung im höchsten Grade belanglos und fragte: ,,Hast du etwas Geld?"

Peter war bezüglich dieses Gebrauchsgegenstandes der Meinung, daß es genüge, wenn andere ihn besäßen, und sagte: ,,Die Luft tönt wie ein blaues Lied."

Fifi legte keinen Wert auf diese Feststellung und verlangte, ernährt zu werden: ,,Wir haben doch erst vorgestern wieder zusammen geschlafen."

Peters Antlitz rötete sich vor Vergnügen: „Sie übersehen, daß Sie mich lieben.“

Fifi begriff augenblicks. „Du Schuft Sie, du wirst sehen, Sie sterben noch am Galgen.“ Sie stand zitternd vor dem Bett.

Da Peter, den Hinterkopf zart in der Hand, sie ruhig betrachtete, hub sie zu weinen an, schnell und singend. Zwischendurch fand sie Zeit, zu sagen: „Du liebst mich nicht.“

„O, ich gebe mir alle Mühe. Aber du bist heute zu gelb.“

„Ja . . . ich habe noch zwanzig Mark, und Herr von Potthammer kommt erst in zwei Wochen von Mainz zurück.“ Sie heulte wie getreten.

Peter befand sich plötzlich in seiner Hose und seinem nicht weniger unveräußerlichen Sakko, steckte diesen mangels Knöpfen mit einer des öfteren bereits gerade gebogenen Sicherheitsnadel zu, nachdem er eine Drahtnadel, die Fifi ihm aus ihrem Haar reichte, abgelehnt hatte, und schlang ein dunkles Tuch um den nackten Hals.

Fifi bekam durch diese Prozedur Mütterliches und fuhr ihm mit ihrem Taschentuch, das die Initialen R. W. aufwies, säubernd um die Schultern. Dabei sagte sie sehr unmotiviert dreimal „O!“ und strahlte mit den Hüften.

Peter stieß jäh auf seinen unsäglichen Filz, der irgendwo am Boden still im Staube ruhte, und sprang bedächtig auf die finstere Treppe.

Fifi sperrte die Mansarde rasch ab, steckte hastig den Schlüssel ein und rief begehrlich: „So warte doch nur, Schuft!“

Die Geschichte vom heißen Blütensamt

„. . . Drei Tage nachher schenkte mir ein spleeniger Unbekannter eine Fahrkarte dritter nach Brüssel. Das hat meine ganze Biographie von Grund aus verändert."

„Gut, gut. Aber ich habe einmal . . . vor Jahren . . . Na, lieber in erquicklicher Kürze . . . Ich schleppte Anni, kompletten Unsinn schwatzend, in mein Zimmer und es begab sich sehr stürmisch . . . Dann aber ereignete es sich, daß sie von dem heißen Blütensamt meiner Lippen stammelte . . . Nun, ich war bewegt, aber die Lust war mir vergangen."

„Paul, lüg nicht so!" Von Mittenmank näßte das eine Ende einer Zigarette und schwang sich graziös auf die Kommode.

„Aber Fritz! Du bist schon so blasiert, daß du mich ernst nimmst." Und Hasedom hüstelte nachlässig.

Von Mittenmank versuchte vergebens, so erstaunt zu erscheinen, wie er tatsächlich war.

Da klopfte es zag.

Die beiden Augenpaare belauerten einander belustigt. Und als wäre es vereinbart, antwortete keiner.

Nun klopfte es so laut, daß Hasedom nicht mehr im Zweifel war und, einen plötzlichen Einfall lächelnd verarbeitend, von Mittenmank im Nu ins Nebenzimmer stupste.

Ein liebliches Fräulein näherte sich langsam, eine Zigarette unruhig in den Fingern, und sagte stockend: „Das gestern . . . das war wirklich eine Dummheit von mir."

„Wovon sprichst du?" Hasedom, an die blumige Tapete gelehnt, sah mit Vergnügen die Klinke der Nebenzimmertür sich bewegen und blies in sich zur Sammlung.

„Aber du weißt es doch."

Hasedoms Schenkel zuckten kokett: „Ach so, du meinst die Geschichte mit dem heißen Blütensamt."

Das liebliche Fräulein setzte sich erregt: „Wie? . . . Nein, die mit Lili . . . O diese . . ."

„Wieso war das eine Dummheit?" Hasedom war so neugierig auf die Wirkung seiner Ahnungslosigkeit, daß er ein wenig zu anmaßend blickte.

„Was? . . . Was?" Ihr ganzes Ensemble fiel mit einem Mal auseinander und vermutlich ein Konzept um: „Man kann mich nicht beleidigen! Merken Sie sich das! Zur Liebe gehören schon zwei, das stimmt. Aber es kommt doch nur auf mich an!“

„Wieso?“ fragte Hasedom leise und mit äußerster Vorsicht in den Zügen.

„Pfui!“ Es klang wie ein Pfiff; dann sehr unbestimmt: „Ich – und eifersüchtig!“

Hasedoms Körper straffte sich, endgültig orientiert. Dann begann er lächelnd und langsam: „Sie wollten wohl sagen, daß *Sie* der animierende Teil waren.“

„Nein, das habe ich nicht gesagt, weil es nicht wahr ist.“

„Wer zog mich am Ärmel?“

„Jawohl ich, aber nur, weil Sie mich nicht gegrüßt hatten.“

„Wer hat gestern vo . . . hm meinen Lippen gestammelt?“

Sie schleuderte die Zigarette aufs Bett, wo Hasedom sie kühn liegen ließ, kretschte sich vor ihn hin und schrie: „Ich, ich, ich . . . Aber nur, weil ich gestern . . .“ Sie japste, außer sich.

„Weshalb aber kamen Sie denn jetzt auf die Geschichte mit Lili zu sprechen, wenn es . . . nur . . . auf Sie ankam?“

Eine kleine helle Stange sauste durch die Luft: Hasedom hatte eine Ohrfeige bekommen.

Es gelang ihm trotz mühsam verhaltenem Entzücken die Zigarette, die sonderbarer Weise kein Loch gebrannt hatte, langsam vom Bett zu holen, noch langsamer wieder zu entzünden und erst nach Minuten bewegungslosen Dastehens wieder aufzublicken.

Das liebliche Fräulein stand, die Finger ob dem Busen knetend, leicht zitternd am Fenster.

„Ich glaube annehmen zu dürfen, meine Liebe, daß Sie nicht wissen, weshalb ich Ihnen keine Ohrfeige gab.“ Jede Silbe Hasedoms frohlockte. Mit innigem Genuß sah er, wie ihre Finger still wurden, wie alles an ihr gespannt wartete und wie die Nebenzimmertür sich fast unmerklich bewegte.

Nach einer geschickt mit peinigenden kleinen Geräuschen versehenen Pause äußerte er sachlich: „Deshalb: weil ich Sie sonst überhaupt nicht mehr los geworden wäre.“

Das liebliche Fräulein verharrte sekundenlang regungslos. Dann trippelte sie überzierlich zur Tür, entklinkte sie mit den Worten: „Trottel, blöder!“ und machte eine lange Nase . . .

Schon stand von Mittenmank vor Hasedom: „Schäm dich! Du bist ja sentimental!“

,,Bist du besoffen?" Hasedom war tatsächlich perplexiert.

,,Besoffen? Du spielst doch noch den Tierbändiger, du Stümper!"

,,Du hast schlecht gehorcht." Hasedom lächelte enorm.

,,Außerdem: die Geschichte mit dem heißen Blütensamt hat sich doch bekanntlich – vor Jahren bereits abgespielt, he . . . Mir den Gegenbeweis fabrizieren wollen! Mir!"

Hasedom drehte sich belustigt hin und her. Dann hüstelte er nachlässig: ,,Ich danke dir. Ohne dich wäre ich Fff . . ., wäre ich sie nicht so glatt los geworden."

,,Paul, lüg doch nicht so!" Plötzlich aber stutzte von Mittenmank, grinste, rannte zur Tür, auf die Treppe und rief: ,,Anni! Anni!"

Keine Antwort. Stille, nur vom hellen Tritt kleiner Holzabsätze unterbrochen.

,,Heißen Sie Anni?" brüllte von Mittenmank. ,,Ich bitte Sie inständig, antworten Sie!"

Absolute Stille. Endlich ein gelles Stimmchen: ,,Nein, Sie Esel, – Franzi!"

Von Mittenmank ruderte größenwahnsinnig ins Zimmer zurück: ,,Na, du alter Lump, hab ich dich?"

Hasedom ließ sich gemächlich in ein Fauteuil rutschen.

,,Du hast schlecht gelogen und doppelt, mein Junge." Die Visage von Mittenmanks triumphierte fürchterlich.

Hasedoms Lider flatterten sehr amüsiert: ,,Gelogen – nein. Schlecht – ja. Doppelt – vielleicht."

,,Wa-a-a-a-s?"

,,Schäm dich, du nimmst mich ernst . . . Übrigens, wie war das mit Brüssel? Aber bitte nicht lügen!"

Von Mittenmank mißlang es, nicht so erstaunt zu erscheinen, wie er tatsächlich war.

Dann gröhlten beide.

Ein bedeutender Schlepper

Dungyerszki, der ein sehr bewegliches Gehirn besaß, bemerkte eines Abends, als er wieder definierte, daß ein Zuhälter einem Reichsgrafen durchaus vorzuziehen sei, da jener als Mitgiftjäger in Raten vor dem in Ehren, nämlich dem Reichsgrafen, nicht nur voraus habe, daß Madame auch etwas davon habe, sondern überdies das Risiko, nämlich den Mut.

Dungyerszki liebte es seit mehreren Wochen, zu definieren, weil es ihn sehr unternehmungslustig machte und sich selber interessanter.

An diesem Abend beschloß er denn endlich, nicht mehr zu hungern, vielmehr mit sich hervorzutreten und seine interessante Person zu fruktifizieren.

Er begab sich dieserhalb in die Kaufinger Straße und trat neben eine sehr farbig gekleidete und mit zweifelhaften Bijous fast verhängte junge Dame mit der höflichen Frage: „Was verstehen Sie unter ‚Laster', meine Gnädige?"

„Wie, mein Herr?"

„Ich möchte mir die Frage gestatten, was Sie unter ‚Laster' verstehen."

„Gengerns weg. Frozzelns an andere als mi."

„Weit gefehlt, meine Gnädige. Und damit Sie davon überzeugt sein können, hier meine Antwort: Laster ist eine Beschäftigung, welche es der Tugend ermöglicht, vorhanden zu sein."

„Sö san einer. Gehns, sagns dös no amal."

„Gerne." Dungyerszki repetierte langsamer und tonvoller.

„Jessas, san Sö einer. Aber wo er recht hat, hat er recht." Die junge Dame lächelte animiert.

„Nun wird es Ihnen aber sicherlich nicht schwer fallen, meine Gnädige, mir zu sagen, was Sie unter ‚Tugend' verstehen."

„Na, sagns es nur glei, daß Sies los wern."

„Sie sind Psychologin. Nun denn . . ."

„Was bin i? Sö, gebns acht, was sagn."

„Konträr, es war ein Lob. Nun denn: Tugend ist die Abwesenheit jeder Möglichkeit, sich dem Laster zu widmen."

„Härns, Sö gfalln mer. Was hams denn für an Beruf?"

„Den, keinen zu haben. Denn ein Beruf ist der gelungene Nachweis des Mangels jeder besseren schlechten Eigenschaft."

Die junge Dame lachte lieblich auf, sah schnell auf ihre Armbanduhr und holte sich hierauf, kurz entschlossen, Dungyerszkis Unterarm: ,,Kommens, 's is erscht sechse. Trinkens a Halbe mit mir."

Dungyerszki tat es, ließ sich ,Zki' nennen, versprach erfreut, am nächsten Vormittag in der Kudlacher Straße 16 vorzusprechen und etwas für seine Garderobe zu tun. Hierauf wünschte er zwecks Veranstaltung einer Mahlzeit zwei Mark, erhielt sie mit einer geradezu großartig generösen Geste und verließ Fräulein Milli gehobenen Gemütes.

Dieser immerhin nennenswerte Erfolg seines ersten Hervortretens veranlaßte Dungyerszki, nachdem er opulent diniert, ein Café frequentiert und mehrere Waz-Zigaretten konsumiert hatte, gegen elf Uhr nachts zu einer Wiederholung.

Ein seriös gekleideter Herr mit einem Hautsack unterm Kinn, geröteten dicken Augenlidern, einer behaarten Warze auf der linken Wange und einem fettstrotzenden Körper dünkte ihm die dazu geeignetste Person.

Dungyerszki näherte sich unauffällig und sagte plötzlich vor der Theatinerkirche, der trotz dem geschlossenen Portal Weihrauchduft entströmte: ,,Mein Herr, könnten Sie mir sagen, was der ,Himmel' ist?"

Dungyerszki erblickte ein Gesicht, das verblüffende Ähnlichkeiten mit dem eines kranken Stationsvorstehers aufwies.

,,Der Straßenlärm hat Sie wohl verhindert, mein Herr, mich zu verstehen," fuhr Dungyerszki unbeirrt fort. ,,Ich bat Sie, mir zu sagen, was der ,Himmel' ist."

Der Herr, ein gebürtiges Münchner Kind, begriff jetzt, daß es sich um einen Gschpaßigen handle, und begann entsetzlich zu grinsen: ,,Der Himmel? Dös kann i Ihner scho sagn. Der Himmel, dös is die Odeonsbar."

,,Das mag wohl sein. Ich fragte jedoch direkt."

,,Also direkt hams gfragt."

,,Vielleicht sind Sie meiner Auffassung: für mich ist der Himmel eine Einrichtung, die verhindern soll, daß der Mensch aus ihm fällt."

,,No ja . . ." Der beleibte Herr fühlte sich in seiner Bequemlichkeit gestört. ,,Da, kaufens Ihner a Halbe."

,,Ich danke. Möchte jedoch hinzufügen, daß ich Definist bin."

„Was hams gsagt?"

„Daß ich Definist bin."

„Was is an dös?"

„Definist ist, wer sämtliche Hauptworte so lange mit seinem Gehirn kitzelt, bis sie vor Lachen in einen Satz machen."

Der beleibte Herr lachte sozusagen: von ungefähr kam es ihm lustig vor und sogar irgendwie verständlich. „Dö Hauptwort kitzeln? Machens dös do amal."

„Aber gerne. Bitte nennen Sie mir ein Hauptwort."

„Alsdann a Hauptwort . . . Alsdann sagn mer ‚Liebe' hoho."

Dungyerszki besann sich keinen Augenblick: „Liebe ist ein Schwindel, dessen süße Empfindungen manchmal entschuldigen, daß man auf ihn hineingefallen ist."

„Dös hams gut gsagt." Der beleibte Herr lachte glucksend. „Alsdann gehn mers weiter . . . eine ‚Kakotten' hohoho."

Dungyerszki lächelte darüber, welch elementare Vokabeln ihm serviert wurden: „Kokotte ist ein weibliches Wesen, das sich von einer anständigen Frau dadurch unterscheidet, daß es nur von Fall zu Fall ausgehalten wird, und der gemeinsamen Vorliebe für maskuline Abwechslung und auffallende Kleidung ungehinderter fröhnen kann."

„Wahr is. Wahr is. Sagns, wo hams denn dös alls her."

Dungyerszki lächelte mitleidig: „Wollen Sie bitte ungeniert weiterfragen, mein Herr."

„Ham Sös aber happig. No ja, sagn mer no ‚Theresienwiesen'."

„Eine zu windige Gelegenheit."

„Hohohoho!" Der beleibte Herr schwang seine ringbesetzten Wurstfinger Dungyerszki auf die Schulter: „Jetzt aber no ‚Nachtlöben'."

„Der meist mißlungene Versuch, wenn's finster wird, aus einer Bar ein Vergnügungslokal zu machen."

„Na, härns, auf die Baren da laß i nix kommen. Und gwies nöt auf die Odeonsbar."

„Ich mache mich anheischig, Ihnen zu beweisen, daß Sie sich in Wirklichkeit bisher in der Odeonsbar fadisiert haben."

„I und mi fadisiert?" Der beleibte Herr blieb empört stehen. „I mi? Wie wollns mer denn nacher dös beweisen, ho?"

„Ich schlage den Tatsachenbeweis vor: Sie gehen mit mir in die Odeonsbar."

„No und nacher . . ."

„Und das, was Sie da an meiner Seite erleben werden, wird alles Dagewesene derart in den Schatten stellen, daß Sie, wenn Sie diesen Abend mit den früheren vergleichen werden, sich eingestehen müssen, sich zum ersten Mal nicht fadisiert zu haben."

„Dös wolln mer segn, Sie Aufschneider."

„Sie stimmen also zu?"

„Kommens, Sie Döfinist Sie." –

Sie saßen noch nicht, als eine Dungyerszki bekannte Stimme aus einer Ecke der Bar schrie: „Jessas, der Zki!"

Die bereits angetrunkene Milli stellte alsbald drei Damen und zwei Herren Dungyerszki als den frechsten und gescheitesten Fremdling von München vor und fiel hierauf, gleichzeitig mit den drei restlichen Damen, dem beleibten Herrn freudeschluchzend um den Hals.

Als dieser morgens gegen vier Uhr in eine Droschke gerollt wurde, lallte er Dungyerszki weinend zu: „Zki, du bischt das fidelste Luder, was mir in München derzeit ham."

Milli, die am Arme Dungyerszkis um ihre Lotrechte sich bemühte, bekräftigte diese Auffassung durch einen leidenschaftlichen Schlag auf seinen Bauch. Und als Dungyerszki eine zweite Droschke heranwinkte, stammelte sie begeistert: „Jetzt sag mir bloß, Zki, wo du im Handumdrehn den Oberhuber auftriebn hast. Dös is ja der reichste Fleischer ausm Sendlingerviertl."

Dungyerszki zuckte wegwerfend die Achseln. Dann sagte er unnachahmlich: „Kudlacher Straße 16."

„Ja, *der* Kopp!" seufzte Milli träumerisch . . .

Am nächsten Nachmittag kaufte sich Dungyerszki bei Tietz einen hellgrauen Anzug, dessen Hosen an den Seiten dunkle Lampas aufwiesen, einen braunen, kühn gewölbten Kiki und einen schwarzen Spazierstock mit Elfenbeinknopf.

Dergestalt verbessert erschien er um fünf Uhr an der Seite Millis in der zu dieser Stunde nur von Animierpersonal besetzten Odeonsbar, deren Direktor auf Millis und sämtlicher Anwesenden dringendste Empfehlung hin ihn mit einem Anfangsfixum von hundert Mark monatlich und zehn Prozent vom erzielten Weinkonsum als Schlepper engagierte. In dieser Eigenschaft war er von Milli, die in ihm bereits den hervorragendsten Geist des Kontinents sah und ihren endgültigen Typ, privatest längst auf halbpart verpflichtet worden.

Nach wenigen Wochen versorgte Dungyerszki auch andere

Damen gegen ein monatliches Fixum privatest und galt bald nicht nur als die größte Definitions-Attraktion des beliebten Lokals, sondern unter dem Namen ‚der lange Zki' als der bedeutendste Schlepper von München.

Zwei Ochsen

Ein Geräusch, als scharrten hundert Hühner, begann andauernd zu werden.

Pufke tat, als ließe er sich nicht stören: „Ja, ik lieje kaum auf det Sofa neben die Vabindungstür, die mir von meinem Nachbar trennte . . ."

„Daher der Name Verbindungstür," stöhnte Pollak.

„Also ik sitze möjlichst vornehm im Boardinghouse, Kurfürstendamm. Da platzt een Rohrpostwisch: ‚Löser stinkt schon. Sag schön adieu. Aber fixe. Dein Bumbum!' Klingeln, Packen, Auto war eens."

„Drei!" höhnte Pollak.

„Moment! Kennste die Rita Pepilla? Schonglöse! Nich?"

Pollaks Zungenspitze liebkoste verächtlich seine Oberlippe.

„Na, die hockte damals im selben Jang und besuchte mir jerade beis heftigste Packen. ‚Wat machste denn?' haucht die Jans. ‚Ik ziehe aus,' saje ik und denke mir: zaspring! ‚Nanu, aba wohin denn?' fragt sie und jlotzt wie der janze Zoo. ‚In die Schweiz!' saje ik. Nu aba kiekst det Biest, det die janze Anstalt wackelt und ik ihr mit ner Socke die Fresse stopfen muß . . ."

„Mahlzeit!" Pollak resignierte gut gebrochenen Auges.

„Ab'an feines Weib jewesen, die Rita – fffffff . . . Moment!" Pufke sprang auf und stieß einem allem menschlichen Ermessen nach jüngeren Fräulein, das seit längerem mit einer Miederplanchette ohrenbetäubend einen Blechtopf malträtierte, diesen mit dem Fuß aus der Hand: „Ik werde dir jeben!"

„Tempus falsch, Vokabel falsch!" stellte Pollak, sich bemühend, deutlich zu grinsen, sachlich fest.

„Halt die Schnute!" schrie Pufke, sehr ärgerlich, weil er es für eine Beleidigung hielt und Emma, das jüngere Fräulein, sichtlich Ohnmachtsähnliches produzierte.

„Julius, Haltung! Emmachen s-t-simuliert!" probierte Pollak, das schwarze Auge unverwandt auf Emma gezielt.

„Ph!" ließ diese augenblicklich sich vernehmen und drehte sehr geschmeidig die halbnackten Schultern. „Quatschköppe! Von heute an schlafe ik überhaupt nur noch mit meine Plüschpuppe."

,,Lebensgroß?" hauchte Pollak.

,,Hat sich wat mit euch." Emmas Linke ergriff energisch und vielversprechend ihren Busen. Gleichwohl senkte sie ein Auge langsam auf Pollak.

,,Je nun, Plüsch macht heiß!" Pufkes Hochdeutsch sollte die soeben erlangte Haltung unterstreichen, hatte jedoch lediglich das oft schon stattgefundene Schicksal, ganz außerordentlich komisch zu wirken.

Man rülpste, gluckste, kicherte und summte einher.

Pufke, nichts Böses ahnend, hub an weiter zu erzählen: ,,In der Schweiz . . ."

,,Kusch!" zischte Emma. ,,Deine Rita is uns zwida."

Und Pollak fiel prompt ein: ,,Jules, sei nich so kühl."

Pufke fühlte auch jetzt noch nichts dräuen und schlug großartig vor, zu pokern.

Da es sich alsbald herausstellte, daß die zu dieser Beschäftigung erforderliche Zahl von Karten bloß um achtzehn herum sich bewegte, ordnete Emma entschlossen ihre Coiffure, erhob sich herausfordernd kompliziert und spie kräftig, aber formvollendet ins Zimmer.

,,Na det is aba . . ." Pufke ließ beunruhigt die Karten knattern.

Pollaks Haupt pendelte teils sorgenschwer, teils hoffnungsträchtig.

Plötzlich drehte Emma sich auf ihrem Absatz herum (besonders schwungsicher, weil gummilos), hieb mit der Hand durch die Luft, daß die Finger scharf pfitschten, und flötete: ,,Salo, Süßer, kommste mit?"

Die Karten in Pufkes Hand erzitterten, als wollten sie sich beliebt machen.

Als aber Pollaks östliche Beine in entzückte Bewegungen gerieten und schließlich ins Gehen, faßte sich Pufke und persiflierte trompetend: ,,Emma, geliebte Emma, du bist ein Aas von hinten und von vorn."

,,Zu spät!" spottete Pollak und fing sich keß Emmas Hüfte.

,,Leb wohl, Julius," sagte Emma ernst, schon auf der Schwelle, und absichtlich zögernd: ,,Junge, Junge!"

Pufke schmiß ihr die Karten nach, naturgemäß ergebnislos, und deshalb hinterher einen angebissenen Apfel, der das Glück hatte, auf Pollaks hochtrabend zurückgewandter Nase anzukommen.

Pollak schrie wie gelernt auf und warf sich, vor Wut krummer als sonst, auf Pufke.

Stampfen. Keuchen. Stoßen. Wälzen. Staub.

,,So." Emma zückte, die Klinke im Fäustchen, etwas Dunkles, Rundes, rief: ,,Balgt euch nur, bis euch der Magen ins Maul hüpft, ihr Ochsen! Det Jeld habe ik, vastanden!" und schmetterte mit der Tür, nicht ohne sie abzusperren.

Pufke und Pollak ließen augenblicklich von einander ab und blickten sich tief in die Augen.

Endlich lispelte Pollak: ,,Wir Ochsen."

Seilakt

,,Ich halte Sie für einen klugen Kerl," begann Stornelli.

Thévenaz verneigte sich leichthin, den Mund verächtlich verziehend: ,,Was wollen Sie von mir?"

,,Wertvoller Freund!" Stornelli machte eine übertrieben würdige Handbewegung.

,,Freund?"

,,Bon. Vorerst das Theoretisch-Unvermeidliche. Darf ich Sie bitten, mir zu sagen, wie Sie über . . ." Stornelli schnalzte geringschätzig mit der Zunge, ,, . . . über Freundschaft denken?"

,,Freundschaft? Schlechte Kameradschaft! Kameradschaft? Das Übereinkommen, halbpart zu machen, das aber anderen Verträgen gegenüber den besonderen Nachteil hat, nicht eingeklagt werden zu können."

,,Ganz meine Auffassung. Aber man muß wagen. *Alles* ist ja doch gewagt."

Thévenaz schwieg.

,,Sie sind nicht einmal neugierig?" fragte endlich verbissen Stornelli.

,,Nicht mehr, seit ich Margot bei Gérard gesehen habe."

Die beiden Augenpaare begegneten einander kurz und scharf.

Stornellis Gesicht zog sich gegen die Mitte zusammen: ,,So." Er rauchte in kleinen Zügen, mit scheinbar ausschließlichem Interesse für diese Beschäftigung. ,,Ich wußte allerdings nicht, daß Sie Margot kennen."

Atemlose Pause.

,,Margot ist also hier." Thévenaz blies den Rauch triumphierend und sehr geräuschvoll durch die auf einander gepreßten Lippen. ,,Was macht sie eigentlich jetzt?"

,,Seilakt!" Stornellis Kinn zuckte.

,,Jawohl . . . – Anseilakt!!"

,,Sie sind ein toller Kerl, wahrhaftig." Stornelli machte eine robuste Handbewegung.

Thévenaz verneigte sich abermals.

,,Also hören Sie! Es handelt sich um keine Kleinigkeit." Stornelli dämpfte die Stimme. ,,In meinem Hotel ist ein Amsterdamer Juwelenhändler abgestiegen, der übermorgen nach Madrid weiterfährt.

Ich war längst über diesen Fink orientiert. Hatte aber Pech. Am Tage nach seiner Ankunft sprach ich ihn im Schreibzimmer an, ohne zu bemerken, daß es mein sehnsüchtig erwarteter Kunde ist, obwohl ich sein genaues Signalement besaß. Unverzeihlich! Aber nicht mehr zu reparieren. Wenn er mich nun im Zuge wiederfindet, im selben Coupé, wird er sofort mißtrauisch und wechselt den Wagon. Ich kenne das. Deshalb habe ich an Sie gedacht . . ."

Thévenaz Kopf blieb gesenkt: „Weshalb haben Sie gerade an mich gedacht?"

„Sie sind unverblüffbar und stets auf dem Sprung, zu bluffen."

„*Alles* ist Bluff."

„Gewiß! Deshalb nannte ich Sie ja einen tollen Kerl. Nur so ist glattes Arbeiten möglich . . . C'est entendu?"

Langsam hob Thévenaz den Kopf.

Stornelli saß noch in derselben Stellung: er mußte ihn unausgesetzt betrachtet haben, so – lang gleichsam war sein Blick.

„Wollen Sie mit mir dinieren?" Stornelli eilte, da Thévenaz zögerte, voraus, um ihn zu zwingen, ihm zu folgen, und wartete an der nächsten Straßenecke.

Als Thévenaz neben ihn trat, ging er wortlos weiter.

Nach dem Diner, das eine des Kellners wegen dünne Konversation begleitet hatte, trat Stornelli im Vestibül neben eine sehr elegant gekleidete Dame und kam nach kurzem Gespräch mit ihr auf Thévenaz zu: „Monsieur Fernand Thévenaz – Madame Rapha."

Nachdem man saß, lächelte Madame Rapha: „Ich glaube, Sie bereits einmal gesehen zu haben. Im Café de l'Opéra, wenn ich nicht irre."

Thévenaz erinnerte sich nicht.

Madame Rapha begann, sich zu pudern und zu röten, ohne aufzuhören, zu lächeln.

Stornelli bestellte Dewars White Label und übernahm, plötzlich sehr jovial und vornehm witzig geworden, die ganze Unterhaltung.

Nach einer Viertelstunde erhob sich Madame Rapha sehr unvermittelt, verabschiedete sich gleichwohl aber überaus herzlich.

Kurz darauf stand Stornelli auf: „Kommen Sie doch in mein Zimmer. Ich möchte einiges ungestört mit Ihnen besprechen."

Auf der Treppe fragte Thévenaz: „Wer ist diese Frau?"

„Margot," sagte Stornelli ruhig, ohne sich umzuwenden.

Thévenaz biß die Zähne auf einander und lächelte.

In seinem Zimmer trat Stornelli vor den Schrankspiegel und bürstete seine Haare. Dabei sagte er langsam: „Sie brauchen Geld."

,,Ja." Thévenaz lauerte angespannt.

,,Bon. Darf ich Sie bitten, mich im Nebenzimmer zu erwarten?" Stornelli bürstete immer noch seine Haare.

,,Es würde mich interessieren, zu erfahren, wieso Ihnen meine Geldverlegenheit . . ."

,,Sie hätten andernfalls heute abend meinen Amsterdamer Vorschlag nicht *nicht* abgelehnt."

Thévenaz grinste, summte die ersten Takte einer Arie aus Butterfly und ging ins Nebenzimmer.

Kaum hatte er die Tür geschlossen, als hinter ihm abgesperrt wurde.

Thévenaz zuckte die Achseln, auf das Allerletzte an Unerwartetem gefaßt, und sah sich kalt und sicher um: er befand sich in einem Schlafzimmer, das nur um weniges eleganter war als das Stornellis.

Thévenaz machte ein paar Schritte, blieb aber sofort wieder stehen, da er schräg hinter sich ein Geräusch gehört zu haben glaubte.

Doch noch bevor er sich hätte umsehen können, umhalsten ihn von hinten her zwei weiße Arme: Madame Rapha.

Thévenaz begriff und spielte, da ihm die Neuartigkeit dieser Situation mehr gefiel als seine Partnerin, mit leidenschaftlicher Verstellung den Routinier.

Madame tat sehr erstaunt und – überwältigt . . .

Gegen Morgen fragte Thévenaz: ,,Ist Margot Ihr wirklicher Name?"

Sie blieb auf dem Rücken liegen, spielte mit den Fingern im Haar und zirpte kokett: „Comme ci comme ça."

In unbestimmtem Zorn fragte er: ,,Erhalte ich mein Honorar von Ihnen oder von Monsieur Stornelli?"

,,Wie?"

,,Nun, das Honorar für diese Nacht."

Sekundenlang glotzte sie ihn an. Dann sprang sie im Nu aus dem Bett, streckte die Hände mit unsäglich gespreizten Fingern wie zur Abwehr gegen ihn und schrie ganz absonderlich: ,,Allez, allez de suite!"

Thévenaz fand Stornellis Zimmer leer, riß Mantel und Hut an sich und verließ hastig das Hotel.

Nachmittags, mitten in einem Taumel von Reflexionen, erhielt er einen chargierten Expreßbrief aus Marseille, mit der Schreibmaschine geschrieben:

Monsieur,

ich habe mir gestattet, Ihnen gewissermaßen aus dem Handgelenk zu zeigen, wie ich arbeite. Habe ich Sie für mich gewonnen? Sie haben in diesem Brief eine 500 Franc-Note gefunden. Ich bin, als ich Sie aufforderte, ins Nebenzimmer zu gehen, bereits Ihr Kamerad gewesen. Ihr Kumpan, wenn Sie wollen. Wer Madame Rapha tatsächlich ist, weiß ich nicht; jedenfalls steht so viel fest: eine vornehme Gans, der ich erzählte, Sie wären furchtbar von ihr entzückt, sehr ideal veranlagt, daher schüchtern (wenn auch feurig) und aus guter Familie. Madame, der ich solches mit denselben Folgen bereits einige Male (verschiedentlich variiert) besorgt hatte, war nun ihrerseits so entzückt, daß einer Anleihe von Frs. 1500.— in keiner Hinsicht mehr Schwierigkeiten entgegenstanden. Das Weitere ist Ihnen bekannt. Ich habe hier eine dicke Angelegenheit in den Fingern. Wollen Sie kommen? Ich wohne im Hotel de France. Herzlich grüßend

Jean Gautier.

p. s.
1. Margot seilakt in Marseille und erwartet Sie ungestüm.
2. Verbrennen Sie diesen Brief.
3. Ich bin Voyeur. Leider mußte ich zu früh zu Bett, um ausgeschlafen zu haben.
4. Sollten Sie keine Narrheiten gemacht haben, so exploitieren Sie Madame rasch noch ein wenig sehr.
5. Der Amsterdamer war selbstverständlich eine Finte.
6. Madame Rapha heißt mit Vornamen Mela. Margot riet ich ihr sich Ihretwegen zu heißen. (Sind Sie mir böse?)

Mit dem Marseiller Abendschnellzug verließ Thévenaz Aix-les-Bains.

Philipp will sich rächen

Philipp blieb auf dem Bayerischen Platz bei der Haltestelle der Trams stehen, pfiff sehr vergnügt ein paar helle Töne, tänzelte leicht hin und her und beobachtete bei alldem mit heimlichem Genuß sich selbst. Bis er auflachte, „Teufel nochmal!" flüsterte und den Kopf napoleonesk zurückwarf.

Da ein überaus junges Mädchen, mit einer Mappe unterm nackten Unterarm, dieses sah, grüßte Philipp höflich.

Die Kleine dankte dunkel errötend und betrachtete heftig ihre Pompes.

Wegen eines älteren Herrn, der Philipp deshalb finster musterte, bestieg er eine soeben haltende Tram und winkte, als der Wagen zu fahren begann, der Kleinen zu, die sich brüsk abwandte, nicht ohne durch ihre erregte Schulterhaltung sich zu dementieren.

Zwei Bäuche auf der Plattform lächelten darüber breit und bewegt.

Philipp wandte sich höhnisch ab, den Daumen am Zahn.

Als aber der Schaffner ihm stirnrunzelnd auf die Nase sah, kam er sich gleichwohl wie ertappt vor, lächelte maßlos übertrieben und näselte: „Ach so . . . einen Augenblick . . . ja, geradeaus."

Dann bezahlte er, ärgerlich über sich selbst, mit einem Fünfmarkstück, obwohl er Kleingeld besaß. Während er den Rest auf die Hand gezählt erhielt, packte es ihn jäh, dem Schaffner die Hand voll Geld in die Höhe zu hirzen. Aber er brachte es nicht über sich. Verdroßen darüber neigte er sich aus dem Wagen, wechselte zum Ärger der Fahrgäste mehrmals seinen Platz und konzentrierte schließlich seine ohnehin nicht beliebte Aufmerksamkeit auf ein Ladenschild, immer weniger interessiert wahrnehmend, wie die Buchstaben zusehends kleiner wurden und schiefer: Hochstetter und Lang . . . Hochstetter und Lang . . .

Der Wagen hielt. Eine preziös arrangierte elegante Dame stellte sich Philipp an das Kinn. Ohne daß er es sofort gewahrte, so sehr erregte ihn diese Berührung, versuchte er, unausgesetzt schnaubend, festzustellen, wonach sie eigentlich röche. Schließlich der Dame und dadurch auch sich selbst aufgefallen, entschloß er sich, sie danach zu fragen.

In diesem Augenblick hielt der Wagen wieder. Die Dame stieg aus. Die Plattform leerte sich.

Philipp knickte ein: alle Spannung hatte ihn miteins verlassen. Der Wagen kränkte ihn. Er taumelte, und einmal in Bewegung, betrat er das Wageninnere und plumpste ein wenig schmerzhaft auf die Bank. Matt nahm er den säuerlichen Geruch der Fahrgäste wahr und das Zart-Idiotische ihrer Gesichter.

Endlich reizte ihn alles: das Rumpeln der Räder, das Hin- und Hertorkeln des Schaffners, das Rattern der Scheiben, das Raunen der Gespräche, die Berührungen seitlicher bejahrter Gliedmaßen.

„Rrraus!" drohte er sich halblaut.

Doch als der Wagen hielt, blieb er trotzig sitzen.

Seine Erregung wuchs dadurch noch mehr. Die Augen zuckten bereits irr umher, die Hände wechselten fortwährend ihren Platz. Und kurz vor der nächsten Haltestelle stürzte er so blindlings aus dem Wagen, daß mehrere Frauen ihm begeisternd kichernd nachglotzten, und sprang noch während des Fahrens wütend ab.

Ohne daß eine Überlegung ihn bestimmt hätte, entschied er sich auf dem Wittenbergplatz für die unbelebteste Richtung. Der plötzliche Wunsch, in seinem jetzt sicherlich noch unaufgeräumten Zimmer auf der Chaiselongue sich zu rekeln, nachlässig zu rauchen, Juliette zu klingeln und sie zu fragen . . . etwa, warum man zurzeit in Berlin nicht ein Massenmeeting zur Einführung staatlich überwachter Bordelle abhalte . . . ergriff ihn so mächtig, daß er einen Augenblick sogar daran dachte, wirklich in sein Hotel zu fahren. Er trat aber schließlich doch lieber an einer Gerold-Ecke auf ein Schinkenbrot zu, in das er alsbald erfreut hineinbiß. Dabei lächelte er, weiß der Teufel warum, spöttisch, stellte den linken Fuß kokett über den rechten und kratzte sich soigniert die juckende Stirn.

Wieder auf der Straße, war es ihm jetzt, als sähen ihn alle verächtlich an, als verhöhnten ihn die Polizisten. Den Kopf feindlich eingezogen, ging er mit Düsteres verheißender Miene immer schneller und geriet bald in einen grotesken Eifer, aus dem ein Passant ihn riß, den er beinahe umgerannt hätte.

Da er sich nicht entschuldigte, beschimpfte ihn Philipp nicht unbegabt, wovon jedoch durchaus keine Notiz genommen wurde.

Philipp, dieses sichtlich sehr bedauernd, glotzte unentwegt auf das Pflaster dieses Vorfalls. Nach einer Weile aber beobachtete er, wie unter dem schwankenden Rocksaum einer Vorübergehenden kleine, rötlich bestrümpfte Knie vorstießen und wieder verschwanden.

Als er aufsah, erkannte er an der Mappe unterm nackten Unterarm jene Kleine wieder, deren erregte Schulterhaltung seine Sinne immer noch enthielten.

,,Teufel nochmal!" betonte er, sich ermunternd, und schwenkte vornehm auf die Mappe zu.

Daselbst befiel Philipp eine geradezu rabiat zu nennende Menschen- und Lebensverachtung, und er sagte mit hinreißendem Ausdruck: ,,Mein Fräulein, Sie sind zwar noch minderjährig. Gleichviel. Wir werden uns rächen."

Ein naßer Blick, aus Wolken gefallen, vermochte Philipp nicht zu bestürzen.

,,Rächen wir uns!" knurrte er unheimlich. ,,Rächen wir uns!"

Die Kleine schrie angstverquollen auf und setzte sich in rasenden Galopp.

Philipp tat ungesäumt desgleichen.

Einige Zeit.

Dann verminderte sich sein Eifer rapid.

Endlich blieb er, leicht pustend, stehen und seufzte: ,,Teufel nochmal!" Aber doch mit heimlichem Genuß an sich selbst.

Wie Klara die Geduld riß

Klara wußte, welch großen Wert Clerc auf die von ihm veranstalteten Impressionen legte. Deshalb hatte sie ihm Suzy, ihre Favoritin, so lange aus dem Weg geschoben, bis er, allzu lüstern geworden, Suzy dadurch sich herbeiführte, daß er im richtigen Augenblick Wein wollte und noch etwas.

Jenen kaufte Klara, ein ahnungsloser Engel, dieses versagte sie strikt: „Ich will nicht mehr, hörst du? Ich habe keine Lust, noch länger deine dupe zu spielen. Gut, du kannst nicht treu sein. Bleiben wir gute Kameraden, willst du?"

Clerc wollte und schlug ihr deshalb vor, nicht seine, sondern ihre Wohnung zur Befeuchtung der neuen Kameradschaft zu benutzen.

Klara, welche in der zu Geräuschvollerem unbrauchbaren Lokalwahl ihre Rache unterwegs glaubte, wäre beim Bespringen der Tram vor Freude fast ihrer Flasche um den Hals gefallen. Glücklicherweise hatte ihr Clerc im letzten Moment, Halt liefernd, die Faust ins Gesäß geschoben.

Eingetroffen soff man, dämpfte auf Klaras diesbezügliches Gestöhn hin die Vokale und beging, schier festlich, Brüderlichkeiten von derart stattlicher Intimität, daß Clerc, der sein Arrangement bereits als gescheitert registrierte und nicht mehr nach der Treppe horchte, es unternahm, zu arrivieren.

Doch siehe da: Klara sprang hohnlachend empor, grinste schwelgerisch und spritzte: „Nein, mein Freundchen, du irrst. Diesmal werde ich nicht mehr schwach. Das ist aus. Ein für allemal!"

Clerc erboste sich doppelt: wo zum Teufel stak Suzy, der Frau Achselast auf sein Geheiß hin doch gesagt haben mußte, daß Klara sie heute abend bei sich erwarte?

Suzy stak in der Klemme. Und zwar unten im Hausflur. Die Klemme war ein Herr, der sie, dank dem Treppendunkel, auszuüben sich bemühte.

Den endlichen Erfolg verhinderte das Krachen der Tür, die Klara, halb angetrunken bereits, hinter sich zugewettert hatte.

Bald darauf war Clerc deshalb in der angenehmen Lage, „Herein!" rufen zu können und Suzys erregtes Händchen, erregter noch, zu drücken.

„Wo ist denn Klara?" hauchte Suzy, krampfhaft den nächsten Spiegel zu erreichen trachtend.

Der Antwort enthob den scharf taktisch überlegenden Clerc ein soeben vom Treppenflur her anhebendes, schnell heftig werdendes Stimmengezänk, aus dem alsbald der schmetternde Sopran Klaras dominierend sich hochschwang.

„Ja, was ist denn los?" lispelte Suzy, ohne ihre Frisur auch nur im mindesten weniger wichtig zu nehmen.

„Ach Quatsch!" machte Clerc, der mit einem innigen, freilich bloß gedachten Zungenschnalzen wahrnahm, daß die raufenden Organe die Nachbarwohnung gewannen, und, sofort über alles Erforderliche im Klaren, Suzy ein Glas Wein an die Lippen drängte.

Suzy, welcher der Spiegel eine Zufriedenheit appliziert hatte, die oft schon der Erfolg selber ist, trank lächelnd und quittierte vergnügt den ersterbenden Blick Clercs, den er ganz besonders meisterte.

Dies war sehr leichtsinnig. Denn im Nu hatte Clerc ihr das Glas aus der Hand gedrückt und, mit der Rechten beide Hände ihr unters Kreuz pressend, sie aufs Bett gezwungen.

Seine Lippen versaugten jeden Schrei. Seine Knie und seine Linke machten ihn herrschen . . .

Einigermaßen knapp vor dem Finish begann der Treppenflur sich wieder zu beleben.

Clerc antizipierte eine tolle Sensation und sann, der ganze Mensch ein jauchzender Nerv, wild darüber, sie zu veranstalten.

Klara jagte ins Zimmer.

„Wlacks-tacks!" japste sie augenblicks, wobei ihr entgeistertes Posterieur die Tür zubummte.

Den Hausschlüssel Clercs, den dessen Linke plötzlich gezückt hatte, hielt sie nun freilich tatsächlich für etwas Schießfähiges: was aber in Wirklichkeit sie an die Tür klebte, war der schließlich ganz zweifellos enorm fesselnde Anblick einer ogott so sehr geschätzten, aber nie noch unbeteiligt betrachteten Handlung.

Klaras Gesicht schwamm wie ein Öllicht. Ihre Zeigefinger drohten sich gegenseitig. Die Augen symbolisierten, geradezu vorbildlich, ein unsägliches Gemisch von unangenehmen Lustgefühlen und angenehmen Unlustgefühlen.

Clerc hatte, um all dieses auszuschlürfen, seinen auf Suzys Lippen befindlichen Mund sofort durch eine Wange ersetzt und hob diese nun, da es nicht mehr nötig war, Suzys Quargeltöne samt dem sie hervorbringenden Köpfchen niederzuhalten.

Nun sprang er blitzschnell direkt von Suzy weg hinter ein Fauteuil, dem er seine Toilette anzuvertrauen wünschte.

Vergeblich. Klara stürzte sich auf ihn. Er warf ihr deshalb das Fauteuil an die Knie. Sie purzelte hinein. Er über sie hinweg. Sie ihm nach. Er durch die Tür, die er so lange, die Zähne grinsend zusammenknarrend, zuhielt, bis er es für günstig hielt, schnell loszulassen.

Klaras Hinterhaupt sauste auf Suzys Bauch.

Beide kugelten schreiend über den Boden, dieweil Clerc, sehr mit seiner Hose beschäftigt, die Treppe hinuntertrommelte.

Auf der Straße kehrte seine Reflexionsfähigkeit allgemach zurück. Er erkannte es denn auch sofort als das einzig Zweckmäßige, hinter einer Litfaßsäule, schräg gegenüber dem Haustor, das Ergebnis der Unterredung, der die beiden Damen gegenwärtig vermutlicher Weise oblagen, abzuwarten.

Plötzlich fielen sein Hut, sein Mantel und sein Stock hastig aufs Pflaster, allwo sie melancholisch liegen blieben. Da ihnen von oben niemand nachblickte, bemächtigte sich Clerc straks ihrer und verwendete sie, nunmehr um vieles beruhigter, im Sinne ihrer Bestimmung, als Suzy sturmartig das Haus verließ.

Dadurch fiel Clerc ein, daß er verdienstlos geworden war. Sofort rannte er Suzy nach, die er an der zweitnächsten Straßenecke endlich abzufangen vermochte.

Suzy schrie durchdringend. Er, dadurch sinnlos gereizt, schlug.

Da sogleich Passanten dastanden und Meinungen äußerten, entschloß sich Suzy rechtzeitig, zu lächeln.

Nun spielte Clerc, nicht weniger geistesgegenwärtig, eine Straße lang mit Suzy Liebespaar, wobei es seinen kundigen Händen und seinem erprobten Scherzen rasch gelang, sie zum Betreten eines ihm wohl bekannten vorzüglichen Cafés zu überreden.

Daselbst rann seine Rede wie Honig, stürmten seine Augen bald heiß bald blind, bebten seine Knie streckenweise und richtig plaziert. Und nach knapp zwei Stunden war Suzys Selbstbestimmungsmöglichkeit vorbei und ihre Börse in Clercs Besitz.

In der nächsten Nacht war er deshalb in der angenehmen Lage, Suzy folgenden Brief ins Bett zu reichen:

Herrn Hans Clerc.

Wollen Sie mir die Ihnen innerhalb eines Jahres schuksessive geliehenen Mk. 1700,— (Siebenzehnhundert Mk.) umgehend rückerstatten, widrigenfalls ich Sie verhaften lasse. Weshalb, das dürfte Dir keine Kopfschmerzen machen, Du Hund. Jetzt ist mir die Geduld gerissen.

Klara Kofelkamm

Suzy lächelte ängstlich dem schwärzlichen Plafond zu, während sie leise sagte: „Die soll sich nur mucksen, dieses Aas. Dann sage ich, wer vor einem halben Jahr in ihrem Bureau den Scheck geschmuht hat."

„Nicht nötig. Das war eigentlich ich."

„Ja, aaaaaber . . ."

„Keine Sorge. Ich schick ihr jemanden ins Haus, der den Effekt genau so trifft wie son Geheimer von die Polente."

Auf Suzys schönem Busen entstand ein stolzer Hauch.

Clerc entfernte ihn durch einen wohlgezielten Hieb. Er veranstaltete eine Impression.

Die bralasurende Saravala

„Die kleine Flou will nach New York,“ sagte Kaudor plötzlich.

„Weiß ich.“ Slonker spie aus. „Sie sagte mir, daß in Paris bereits jeder wisse, was für Spitzenhöschen sie trage, und das sei ein gänzlich unhaltbarer Zustand.“

„Wieso? . . . Aber das sagt sie bereits seit vier Jahren. Was meint denn ihr Jockey dazu?“

„Der ist für Einführung von Tischautomaten und Tischtelephons als Ersatz für den in jeder Hinsicht unerträglichen Kellner . . . Flou behauptet übrigens, New York wäre, sicheren Informationen nach, die prüdeste Weltstadt auf dem ganzen Globus, so daß man nur dort, wenn überhaupt noch irgendwo, die Freude am Leben wiedergewinnen könne.“

„Flous bekannte Anlage zur Großzügigkeit.“ Kaudor kratzte sich.

„Bim.“ Slonker simulierte ein Glöckchen und begann zu stinken. Dann schwieg er vorsichtig.

Ilonkas rosiges Oval, das anfangs zu einem Lächeln eingesetzt hatte, verzog sich deshalb, aber auch Flous wegen sehr unliebsam; dabei musterte sie spitz ihren linken Handteller.

Die bisher tiefgestellt belassenen Brauen Kaudors schoben sich auf die Stirn empor: „Wenn du das machst, Ilonka . . . Bitte Slonker, gase abseits! . . . wirkst du allein als das, was du wirklich bist: eine spätgeborene altägyptische Saravala.“

„Du verdächtigst meine harmlosesten Kolportagen . . . Kruh.“ Slonker übte einen Unkenruf. Dann spie er einen Prim haarscharf über die Glatze Kaudors hinweg an die Wand.

„Sara-vala? Was ist denn das?“ fragte Ilonka neugierig, aber schon vom Klang des Wortes geschmeichelt.

Kaudor hüstelte gewichtig. „Halb Runendeuterin, halb Huri.“

Ilonkas Handteller verschwand. Sofort auch der Kopf Kaudors und unmittelbar darauf der ganze Herr.

Als er wieder heranwackelte, hatten Slonker und Ilonka derart heftig geschwiegen, daß ihn ein doppelseitiges Lächeln empfing.

Kaudor, also zärtlicher geworden, organisierte eine Wiederherstellung: „Du weißt nicht, Ilonka, daß Huri . . .“

Ilonka ließ ihren knurrigen Blick nicht von Kaudor packen.

,,Maul halten, du Gauner! Du willst dich natürlich wieder auf das i ausreden."

,,Das wäre eine zu schwache Genugtuung. Kiii." Slonker vermittelte einen Stieglitz. ,,Laß das Odium . . . Sagt man Odium?"

Kaudor nickte bestürzt.

,, . . . da das Odium dieses amüsanten Verdachtes auf dir lasten, bis du dir die Bestätigung seiner Grundlosigkeit persönlich geholt hast."

Ilonka, die nicht verstand, aber zu vermuten schien, daß es eine Schmeichelei sei, betrachtete mit unschlüssiger Bewunderung ihren Busen.

„Du weißt nicht, Ilonka," Kaudors blitzende Äuglein bissen sich geradezu fest, „daß diese altmohammedanische Spezies von femina dazu berufen war, mit der Herstellung von Kunstzwiebeln zum Zwecke der Herbeiführung mystischer Verdauungsstörungen und der dadurch unheimlich gesteigerten Weihekraft der Oberpriester sich zu befassen."

Slonker lächelte vornehm: ,,Hör mal, du Mitteleuropäer peinlichster Obs . . . Obst . . ."

,, . . . servanz, Observanz, mein Liebling." Kaudor küßte innig seine schwarzen Fingerspitzen. ,,He, Ilonka, kannst du bralasuren?"

,,Nein," hauchte Ilonka preziös, und ihre Rougeflecken verdunkelten sich merkbar.

,,Bim." Slonker verstummte, scheinbar irgendwie konsterniert.

Kaudor kratzte sich ausschließlich.

In diesem Augenblick entstand ein selbst für ein Pariser Café sehr ungewöhnliches Geräusch.

Schließlich entdeckten alle drei fast gleichzeitig, daß ein wahrscheinlich unglücklich verliebter Herr im Sitzen in eine auf dem Fußboden befindliche Konservenbüchse zu urinieren trachtete. Leider vergeblich.

Die hingebungsvolle Betrachtung dieses seltenen Vorfalles störte einerseits der intervenierende Kellner, andererseits Flou und Pepino, die soeben in das Café ein- und direkt auf das Trio losschwänzelten.

Ilonka riß, wie stets bei Annäherung eines feindlichen Weibes, unterm Tisch an ihren Fingern, klemmte die Zunge zwischen die Zähne und sah leise wütend von Mund zu Mund.

„Ça va?“ Flou hob ihr Röckchen bis unter den Busen.

„Und da ist sie unzufrieden, wenn ganz Paris ihre Spitzenhöschen kennt,“ äußerte Kaudor nachdenklich.

„Das habe ich nie gesagt,“ quietschte Flou. „Wer sagt das?“

„Slonker.“

„Du? . . . Sie?“ verbesserte sie und wurde plötzlich leidend.

„Tu vois, ma gosse, je sais tout,“ trillerte Pepino, rittlings einen Stuhl besteigend.

Slonkers Haltung geriet jedoch nicht um Haaresbreite ins Wanken. „Kaudor dahingegen sagte, daß Sie . . . daß du . . .“ korrigierte er einfach genial, „. . . daß du sogar bereits seit vier Jahren behauptetest, ganz Paris kenne deine Spi—“

„Pfui, Kaudor, schämen Sie sich!“ Flous lockere Situation machte sie völlig blöde: „Sie wollen sich wohl rächen?“

„C'est-à-dire venger?“ Pepino holte sich grübelnd eine lange Zigarre aus dem Stiefel. Dann seufzte er kordial: „Also auch Monsieur Kaudor. Gutt, gutt.“

Ilonka riß längst nicht mehr an ihren Fingern. Sie stocherte, ein gefährliches Signal, mit einem Streichholz in einer ihrer zierlichen Ohrmuscheln.

Alsbald tiefstes Schweigen, nur von dem leisen Klirren der Sporen Pepinos unterbrochen und dem endlich vor sich gehenden Bekleidungstrieb des wahrscheinlich unglücklich verliebten Herrn.

Plötzlich aber ergriff Ilonka ihre beiden Oberschenkel. „Sie wollen nach New York, Flou?“

„Ich denke nicht daran.“

„C'est rigolo,“ piepste Pepino.

Slonker und Kaudor blickten melancholisch in die Ferne.

„New York ist auch wirklich viel zu gemein.“ Ilonka ging zweifellos zielbewußt vor.

„Natürlich,“ versicherte Flou für alle Fälle, jedoch ein wenig ängstlich.

„Und dann soll in der Nacktgeschäften serr schlekt gezahlt sein.“ Pepino beklopfte liebevoll den Bauch seiner Zigarre.

„Nacktgeschäft ist wonnig,“ flüsterte Kaudor hingerissen.

„Wunderbar,“ visperte Slonker.

„Na, den Tischautomaten erleben *Sie* nie im Leben, Pepino.“ Ilonka ließ nicht locker.

„Pissotomaten? Comment? Ich?“ Jetzt geriet auch Pepino ein

wenig aus der auf zwei Stuhlbeinen hergestellten Sattelbalance.

Kaudor und Slonker stierten glasig in die Landschaft.

Ilonkas Augen erweiterten sich miteins hellseherisch: ,,Pepino, Sie werden vielleicht wissen, was ,Saravala' bedeutet."

,,Sa . . . Sara . . . vala? . . . O ja. So das Pferd von Champigny chaben gecheissen, welches vor acht Tagen chat gebrochen beider Beine." Pepino fühlte sich immerhin erleichtert.

,,Ja, aber was *bedeutet* dieses Wort?"

,,Och, Champigny herstellt die Namen für Viecher selber. Das ist sehr vornehm, man es nicht versteht."

,,So." Ilonka schlug sich bereits mit einem Kaffeelöffel regelmäßig in die Schläfengegend: das Katastrophensignal.

Da zuckte ein rettender Ruck durch Slonkers Erstarrtheit: ,,Dann wissen Sie wohl auch, Pepino, was ,bralasuren' bedeutet."

,,Aaaaaber . . ." machte Pepino schwer ergötzt und verlor fast seine Balance.

,,Nun? Bitte reden Sie! Ihre Antwort ist für mich von äußerster Wichtigkeit." Slonker bezwinkerte Kaudor und Pepino kühn.

,,C'est rigolo . . . Bralasuren? C'est-à-dire, das sein eine Fackausdruck, eine von Jargon von die Rennbahn . . . c'est-à-dire, wenn ein Gaul bei die Be . . . bei die Beschälung . . ."

Doch schon warf sich Ilonka heulend auf Kaudor, der, dies längst vorhersehend, ihr den ambulanten Kleiderständer in die geöffneten Arme stieß.

Slonker schrie begütigend: ,,Aber, Ilonka, du *kannst* doch gar nicht bralasuren!"

Pepino fraß seine Zigarre auf.

Flou näherte sich augenscheinlich dem Irrsinn.

Endlich gelang es dem Kellner und Slonker, Ruhe zu erpuffen.

Dann, nach einem Schweigen von penetrantester Peinlichkeit, sagte Kaudor und seine Brust hob sich gewaltig: ,,Solange man die Makrobiotik . . ."

,,Maquereau, jawohl, das bist du!" keuchte Ilonka und schritt majestätisch auf die Straße.

,,Bim . . . Kruh . . . Kiii . . ." Slonker begann zu stinken.

Kaudor kratzte sich wie sinnlos.

Flou aber folgte Ilonka fluchtartig und in dumpfer Kollegialität.

Pepino meinte nach einiger Zeit: ,,O ces gosses! Man muß brauchen das Kantare." Hierauf wandte er sich gleichgültig dem Billard zu.

,,Weiß ich." Slonker, der einen neuen Prim eingelegt hatte, spie in mächtigem Bogen aus. ,,Leider aber, edler Kaudor, zu wenig Fremdworte, um so erfolgreich zu wüten wie du."

,,Ach, du blaguierst auch nicht übel!" Kaudor hüstelte, vielleicht ironisch. ,,Aber daß du mir nicht erzählt hast, daß du mit Flou . . ."

,,Sie hat zu dünne Beine."

,,Hm, gegen mich hat sie eine Idiosynkrasie."

,,Eine Idio . . .?"

,,. . . synkrasie."

,,Du bist ein Idiot."

,,Das will ich hoffen."

Eine eigenartige Konversation

„Guten Tag. Wie geht es? Ich ging gerade unten vorbei, als mir einfiel, daß Sie hier wohnen. Sie wundern sich wohl, daß ich mittags zu nachtschlafender Zeit herumgeistere? Tja, es ist sonderbar: wenn man schon einmal vor dem Einschlafen sich vornehmen muß, zeitig aufzustehen, kann man überhaupt nur ein paar Stunden schlafen. Ich war schon um zehn Uhr im Café. Phantastisch! Hören Sie, heiter: um vier Uhr werde ich bei Herrn Moriz Cohen sein, Handschuh-Engrossisten in Charlottenburg, Besitzer einer wunderschönen Tochter, die nicht Klavier spielt, obwohl sie es miserabel kann, und ansonsten leicht orientalisch träg ist und weich. Impression Harem, angenehm entfernt. Und wenn man sich retiriert und dabei die erforderliche Vorsicht außer acht läßt, kann man in der Küche ein Dingerchen seinem Zweck zuführen, also glatt süß . . . O, Sie sind sehr blaß. Vielleicht krank? Nicht? Sehr angenehm. Man macht ja doch stets unglückliche Figur vor fremdem Leid. Sie müssen wissen: parate Sätze liebe ich über alles; man genießt sich da viel mehr. Apropos: ich erinnere mich, daß Sie auch in der Nacht, als wir uns kennen lernten, sehr schweigsam waren. Hm, Schweigen. Ist Gold. Gewiß. Aber die alten Sprichwörter haben leider den Vorteil, daß ihre Wahrheit über den Leisten nicht hinausgeht. Ich meine, sie fangen vom Schuster aufwärts an, falsch zu sein. Alles ist relativ. Auch das Schweigen. Zwar: es wirkt im Anfang, speziell bei sachgemäßer Inszenierung, enorm, im Superlativ sogar heillos respekterzeugend; aber es ist zeitlich und individuell scharf begrenzt. Wird diese Linie überschritten, so wird bestenfalls der Abbruch menschlicher Beziehungen bewirkt, schlimmstenfalls aber ist es ein geistiges Armutszeugnis mit Auszeichnung. Zugegeben: die unumgehbare Entsetzlichkeit des Schondagewesenen. Ach, auch Goethe war kaum bei jeder Verrichtung geistvoll, und da die Scherzfrage, wer der Kaiser von Europa sei, prompt mit ‚die Phrase' zu beantworten ist, muß eklatant sein, daß unsereiner die Verpflichtung hat, erfrischend zu wirken. Es strengt doch wahrhaftig nicht an. Apropos: wie gefällt Ihnen Frau Kroll? Klasse! Hochzucht! Nun? Entre nous: was von ihr im Café kolportiert wird, ist zweifellos erlogen. Ein Frauenzimmer, das chronisch pumpt, läßt sich nicht bezahlen. Gewiß, sie hurt. Das ist mehr als ein billiges Recht des Weibes. Das ist seine schwerst ethische Verpflichtung. Es ist aber gänzlich ausgeschlossen, daß dieses Weib wahllos ist. Sie fliegt, wie alle erstklassigen Weiber, auf den geistig hochwertigen Mann, sollte er auch mißgestaltet sein. Was freilich eine contradictio in adjecto ist. Kein einziger von diesen eitlen, körperlich lachhaften Kaffeehaushasen hat sie besessen. Man braucht doch bloß hinsehen, wie sie das Weib adorieren. Diese Trottel! Diese kubierten Idioten! Sie ahnen nicht, daß solch ein Weib ein totsicheres Gefühl für seine eigene Minderwertigkeit hat: je vorbehaltloser ein Mann es bewundert, desto eher ist es geneigt, ihn für minderwertig zu halten. Und das Rezept, das, richtig dosiert, sogar einen Affen ins Bett der Gräfin Rasurgi (die Sie sicherlich wenigstens par distance kennen) lanzieren könnte, ist doch gar nicht kompliziert: man vertreibe ihr die Langweile, das große Erbübel, an dem jedes Weib in allen Nuancen laboriert. Kenner erreichen hier in einer halben Stunde mit dem blühendsten Biographiekohl mehr als Oberlehrer mit jahrelanger Mondbenützung. Apropos: wie halten Sie es denn? Ne jute Jegend Balin, wat? Schon erfaßt, wie mich dünkt. Geben Sie acht, mein Geschätzter, die Lues soll immer noch nicht herzig sein. Oder machen Sie in allerletzten Equilibristiken? . . . Hm, es ist drei Uhr. Schon diniert? Nicht? Keine Münzen? Ach, glauben Sie, ich ließe mich durch einen Geburtstag im Hause Moriz Cohens abhalten, Spreeanglern zuzusehen, wenn ich mir nicht wieder mal so was wie eine Mahlzeit in den Bauch schlichten müßte? . . . Rauchen Sie? Langerprobtes Mittel gegen unbefriedigte Magensäfte! Nicht? Also ein ganz wild Gestufter. Oder kultivieren Sie mit Fleiß Hunger? Gewiß, enormes Stimulans, das nur den immanenten Nachteil hat, schließlich das Herz zutote zu kitzeln. Apropos: der Sozialismus ist für uns gar keine Hoffnung. Gleichheit? Stiefel! Solange die Geistesaristokratie an dem täglichen Problem kratzt, wie ein Kaffee zu erschieben ist, bleibt es noch immer besser, wenn die Feudalen herrschen oder die Industriejobber, als wenn die Straßenkehrer mit mir intim tun. Übrigens, Sie gehen doch mit zu Herrn Cohen. Man frißt und weiter nichts. Es ist mir auch persönlich angenehmer. Man ist dann doch nicht so Insel. Kennen Sie jüdische Familien? O, Sie werden Tolles erleben! Diese Familie ist für jeden Unfall exemplarisch! Tatsache: man sollte es nicht für möglich halten: dafür, daß ein Mann sein Leben lang eine einzige Frau hat, die vielleicht bei schlechter Behandlung zehn, bei guter fünf Jahre jung bleibt, wird er zum schuftenden Sklaven. Warum kauft der Edle sich nicht wöchentlich ein kleines Fräulein? Ganz nebenbei: wenn es keine Geschlechtskrankheiten gäbe, wäre der coitus sicherlich ein allgemein beliebtes Gesellschaftsspiel. Schließlich: das Ergebnis der Ehe muß ja eine Pfütze sein. Man bedenke: ich kannte eine Dame, die mich mit ihrem Gatten betrog, als ein Anarchist sie besaß. Lieblich! Tja, da lob ich mir die Mohnenstamm! Alle Hochachtung vor diesem Betrieb! Und echt! Wenn die besoffen ist, ist sie immer im Zweifel, wo ihre Beine aufhören, und läßt Nachforschungen anstellen. Kürzlich hat man sie wegen beischlafähnlicher Bewegungen beim Tanzen eingesperrt. Welche Ehrung! Aber doch schaudervoll! Ach, hier in Deutschland gibt es, genau betrachtet, noch gar keine Erwachsenen. Selbstverständlich meine ich Preußen. Alles Drill, Uniformierung, Erziehung! Pfui Teufel! Ich bin neugierig, wann dieses vielleicht innerlich zu blonde Volk einsehen wird, daß die wahre Erziehung die Abwesenheit jeder Erziehung ist, daß ein unverprügeltes Gehirn mehr Chancen hat als ein Regierungsrat und daß ein besoffener Kutscher und die tanzende Mohnenstamm weniger Ärgernis erregen als der sie arretierende Schutzmann . . . Tja, ich langweile Sie wohl? Macht nichts . . . Holla, Sie sehen aus dem Fenster! Was gibts? Tja, da reitet was, das man sich ansehen darf. Die Baronin von Leidgeben. O, Sie sind ja regulär hingerissen, wie mich dünkt. Hm, kaufen Sie sich einen gutsitzenden Anzug letzten Schnitts und einwandfreie Unterwäsche, dann ist auch das dort auf dem Pferderücken nicht zu hoch für Sie. Freilich bleibt es dabei immer noch fraglich, ob Sie auch imstande sind, aus dem Handgelenk zu grüßen und ‚Gnädige Frau‘ so auszusprechen, daß sie Ihnen die Heimatsberechtigung dazu glaubt. Tja, nicht so einfach. O, da oben gibt's Exemplare! Schwerstes Tipp-Topp! Allerschwerstes! Aber im Grunde ist der Unterschied lediglich ein Phantasieakt. Man transponiere zum Beispiel Frau Kroll in Hundert-Mark-Meter-Grau und verbiete ihr, Schöps zu sagen, und die Illusion ist komplett. Eine kleine Ähnlichkeit ist übrigens vorhanden. Sollten Sie am Ende? Ich will es nicht fürchten. Frau Kroll soll ganz außerordentlich resolut sein und eine sehr lockere Hand haben wie alle besseren Weiber. Na, ich habe nichts dagegen. Aber seien Sie um des Himmels willen vorsichtig, wenn Sie überhaupt Gelegenheit erhalten sollten, es zu sein . . . Ja, was gibt's denn? Ach, Sie wollen schon gehen? Gut, gehen wir . . . Ach so . . . Na ja . . . Übrigens, was glauben Sie denn eigentlich? Sie meinen wohl, ich lasse mich von Ihnen zum Besten halten? Sie irren, mein Verehrter! Sie sind vielleicht der Ansicht, ich wäre eifersüchtig auf Sie und hätte Sie nur aufgesucht, um Sie zu ärgern, um mich zu rächen, oder weiß der Kuckuck warum? Ich wiederhole Ihnen: Sie irren. Gründlich. Solche Sachen mache ich nur in besonderen Fällen und auch dann lediglich, wenn es sich um Beträge handelt. Wenn ich mir Sie hätte vornehmen wollen, hätte ich Ihnen vor einer halben Stunde schon eine Ohrfeige geben müssen und, mein sehr Verehrter, auch gegeben. Mein Gott, was man heutzutage alles erlebt! Ich will mir keinen guten Abgang zimmern, aber ich rate Ihnen angelegentlichst: lassen Sie sich behandeln! Adieu, mein Herr!“

Doch noch bevor er die Tür erreicht hatte, stieß der Andere, der ununterbrochen am Fenster gesessen war, sei es aus Hohn, sei es zu seinem Vergnügen, einen durchdringenden Fingerpfiff aus, der zur Folge hatte, daß jener halsüberkopf aus der Tür stürzte, die Treppe hinabraste, stolperte, zehn Stufen hinabkollerte und sich die Nase zerschlug, wodurch er so viel Charme und Zeit einbüßte, daß er Frau Kroll nicht nur überhaupt nicht mehr zu besitzen hoffen zu können vermochte, sondern sogar mit ansehen mußte, wie es dem Andern gelang.

Der Pfirsich

Roger hatte soeben die kühn sich suggerierte Scheu davor, seine Hand zu ergreifen, überwunden und beabsichtigte, sich wieder in Bewegung zu setzen, als er spürte, wie etwas Weiches seinen Arm berührte.

„Wohin denn?" Der lange Jacques stand steil neben ihm.

„*Sie* sinds." Roger beschrieb mit dem gesteiften Zeigefinger beschwörende Kreise.

„Heute lasse ich Sie nicht so fort. Weshalb wollten Sie mir denn kürzlich keine Auskunft geben? Über Vivette? Hein?"

„Was denn." Roger sah unentschlossen auf seinen Finger und schließlich gepeinigt auf den Asphalt.

„Hören Sie denn nicht? Vielleicht schon wieder Coco?"

Roger ließ den Blick unsagbar langsam an ihm emporkriechen, spuckte zweimal gewissenhaft aus und lächelte dann schief: „Bedaure."

„Divilikowskiy hat schon recht. Es ist wirklich schwer, sich über Sie eine Meinung zu bilden."

„Dieses Kamel Divilikowskiy!" sagte Roger aus Müdigkeit und fügte deshalb hinzu: „So richtig kann eine Meinung gar nicht sein, daß sie nicht doch herzerfrischend falsch wäre."

Von ganz hinten aus der Rue St. Anne her prallte jetzt ein fürchterlicher Krach. Sekundenlang erschienen alle Passanten sehr schlecht photographiert; dann reckten sie die Hälse, rollten die Äuglein und schwirrten wirr durch einander.

„Das tut wohl." Rogers Augen erschimmerten weißlich, jedoch ein wenig blöde.

Der lange Jacques knetete, scheinbar tief beunruhigt, Rogers Arm. „Trinken Sie mit mir einen Apéritif, das wird . . ."

„Nein," sagte Roger scharf, mußte aber ein stattlich keimendes Lächeln dadurch verwinden, daß er den kleinen Finger in den Mund steckte und wie verstört an ihm sog.

Der lange Jacques zuckte, mehr übelgelaunt als selbstgefällig, die spitzen Achseln und ließ Rogers Arm in zwei Takten frei. „Also nicht . . . Wie der Kerl schreit! . . . Adieu."

Roger blickte ihm feucht nach, plapperte: „Tirili, tirili . . ." und faßte sich mit der Hand zart in den Nacken.

Diese Bewegung erfreute ihn miteins beträchtlich. Dadurch lebhafter geworden, hielt er diagonal auf das gegenüber befindliche Trottoir zu und trat schließlich mißmutig, aber doch auch ein wenig spöttisch über seinen Entschluß, in eine kleine Brasserie.

Der heranschaukelnde riesige Leib der Wirtin hielt seine Augen fest, bis er saß. Dann besorgte dies ein handflächengroßer Fettfleck auf der Tischplatte.

Als er die kellertiefe Stimme der Wirtin vernahm, fühlte er, daß er unweigerlich grinsen würde, wenn er aufsähe. Dennoch tat er es kurzerhand, zerpflückte aber seine Mimik durch wohl abgestimmte Tonübergänge.

Während die Wirtin verdutzt den Picon eingoß, entzündete er sich mit minutiöser Fürsorge eine Maryland-Burrus und ließ nach dem ersten Zug einen kugelrunden Blick in das linke größere Auge der Wirtin gelangen.

Als diese den Tisch verließ, ging sie denn auch immerhin ein wenig anders: kürzer, unsicherer, wolkiger.

Rogers Hohn trat blitzend in seine Pupillen. Dann lauschte er verbittert auf die Geräusche von der Straße her, bis seine Beine, unkontrolliert geblieben, scharrend nach vorn rutschten.

Erschreckt sah er auf: gerade in die Augen der Wirtin, die schaumig errötete und geil die Elbogen bewegte.

Angenehmer Weise biß ihn Zigarettenrauch, der an der Wange emporgefunden hatte, so schmerzhaft in die Augen, daß er sie ohne weiteres schließen konnte.

Als er wieder sah, saß der lange Jacques ihm gegenüber.

Irgendetwas Lockeres, das inzwischen in dessen Visage geraten war, ließ Roger ganz besonders verblüfft werden.

„Vivette liebt Sie noch." Der lange Jacques bemühte sich sehr, sich Rogers Blick dazu zu holen.

„So." Roger gelang es, sein für richtig befundenes, dünn angesetztes Lächeln zu halten.

„Ja."

„Lieben *Sie* sie etwa?" Schon während Roger noch die Frage höhnisch auswalkte, fühlte er, daß er sich nicht irrte.

Der lange Jacques vergaß, sich zu wundern, so überrumpelt war er. Dann flötete er aber doch schlauerweise leise: „Nein."

Eine käsige Faxe faltete die linke Wange Rogers und blieb leicht zuckend hängen.

„Divilikowskiy, den Sie für ein Kamel halten, läßt sich seit acht

Tagen von Vivette aushalten.“ Des langen Jacques dünner Daumen huschte kokett unter seiner Nase hin und her.

„Nun ja.“

„Er hat Sie bei ihr verläumdet, um das zu erreichen.“

„Nun ja.“

„Ich finde das alles nicht so selbstverständlich wie Sie.“

Roger näherte sein rechtes Nasenloch bis auf zwei Zentimeter seinem Handrücken, von dem ein plötzlich darauf erschienenes weißes Pulverchen ebenso plötzlich verschwand. „Was veranlaßte Sie denn, davon überzeugt zu sein, daß Vivette mich noch liebt?“

„Sie bat mich gestern, Ihnen zu sagen, daß sie Sie sprechen möchte.“

„Sagen Sie ihr, daß ich das für zwecklos halte.“

„Gut. Das werde ich sagen.“ Des langen Jacques Kopf stieg ballonhaft empor.

„Ich habe also recht.“ Roger feixte aberwitzig.

„Wa-a-s?“ Die Linien des langen Jacques gerannen.

„Divilikowskiy und seine neueste Freundin Clo waren während der letzten vier Tage fast ununterbrochen mit mir beisammen.“

„So-o.“

„Ja.“

„Ich liebe deshalb etwa Vivette?“ Des langen Jacques noch vorhandene Bewegungslosigkeit war trotz allem eine Leistung.

„Ja,“ sagte Roger scharf. „Denn ich habe heute mit ihr lange und von gleichgültigen Dingen gesprochen.“

Der lange Jacques schien um einiges noch sich zu verlängern, hob die Brauen in eine mimisch-technisch geradezu unwahrscheinliche Höhe, machte einen überaus zackigen Schritt rückwärts und sang: „Je sais que je suis très joli . . .“

Noch bevor er den Ausgang erreicht hatte, prustete ihm Roger auflachend nach: „Das hilft dir bei mir nichts, du . . . du Pfirsich. Aber vielleicht bei ihr!“ Dann murmelte er hämisch: „Lügen bleibt doch das beste Mittel, Lügen festzustellen.“

Später verabschiedete er sich von der Wirtin mit einer für ihn selbst überraschenden Überschwänglichkeit, deren Wirkung er aber zerstörte, als es ihn beim Passieren der Tür zurückzuzwitschern zwang: „Tirili, tirili . . .“

Kuhles ganz seltene Stunde

Als er ihre strammen Beine erblickte, legte er beteuernd die Hand aufs Herz.

Sie sah es und näherte sich ihm ungezwungen.

Er zog sie mit erquickender Selbstverständlichkeit auf den Stuhl neben sich, bestellte ihr einen Apéritif und nach einer halben Stunde lag sie in seinem in der Nähe befindlichen Bett, das sie nach einer weiteren halben Stunde so unzweideutig ungern verließ, daß Sasso ihr nicht einen Centime gab, dafür jedoch ein Rendez-vous.

Nach zwei Tagen höchst direkter, wortkarger und ebendeshalb sehr glücklicher Beziehungen schlug ihr Sasso, der die Zeit für gekommen hielt, ein vernünftiges Leben zu beginnen, plötzlich vor, sich einen neuen Hut zu kaufen und ein neues Handtäschchen.

Marja lächelte bloß: ähnlich fing das immer an.

Sasso sagte erfreut: „Nicht übel. Du bist die geborene Erbin."

Marja lächelte um einige Grade breiter. Dann meinte sie schlicht: „Also nun endlich raus damit!"

Sasso küßte ihr begeistert das linke Öhrchen . . .

Kurz darauf erzählte Sasso einem sehr vermögenden Antiquitätenhändler namens Kuhle, dessen romantischen Trieb nach seltenen Erlebnissen er bereits öfter bedient hatte, daß ihm ein höchst sonderbarer Fall untergekommen sei. Er habe nämlich ein junges Mädchen aus einfacher, aber guter Familie kennen gelernt, ihres gleichwohl sehr herausfordernden Verhaltens wegen aber schon beim ersten Beisammensein das Übliche vorgeschlagen, worauf sie kaltblütig fünfzig Francs im voraus verlangt habe. Nur des ungewöhnlichen Falles halber wäre er noch einige Male mit ihr zusammengekommen, ohne jedoch mehr zu erreichen als die unanzweifelbare Feststellung, daß es sich wirklich um ein Mädchen aus guter Familie handle, das heftige Bildungsbedürfnisse habe, einige Vorerlebnisse und wahrscheinlich eine kleine Familienunterschlagung auf dem Gewissen, die solcher, nicht mehr ganz ungewöhnlicher Art gedeckt werden sollte.

Kuhle bekundete ungesäumt die von Sasso erwartete Neugierde und wünschte, dieser seltsamen Marja so bald wie tunlich präsentiert zu werden.

Um die bei Kuhle jedoch bereits seit einiger Zeit sich zeigenden

Mißtrauenssymptome zum Verschwinden zu bringen, ließ Sasso mit bemerkenswerter Geduld und Verwendung von selbst aufgegebenen Stadtdepeschen, denen zufolge Marja ihres scharf aufpassenden Vaters wegen im letzten Moment am Ausgehen verhindert worden sei, nicht weniger als zwei bereits vereinbarte Rendez-vous kühn scheitern.

Als die Vorstellung dann endlich erfolgte, war Kuhles Vertrauen in Sassos Freundschaft und Gefälligkeit unerschütterlich geworden und deshalb der Boden für Marjas, von Sasso eingeblasenen Manövern hergestellt.

Nachdem Sasso sich entfernt hatte, promenierte Kuhle mit Marja durch die Straßen, fragte ohne Unterlaß und wunderte sich zwischendurch, da er immerhin gewöhnt war, bei Weibern auf Lügen zu stoßen, daß alles, was Marja ihm antwortete, haarklein mit den Mitteilungen Sassos sich deckte. Anstatt jedoch von neuem Mißtrauen zu schöpfen, sah er darin einen vollgültigen Beweis für die außerordentlich seltene Wahrheitsliebe Marjas. Die Familienunterschlagung stimmte also. Kuhle war tief gerührt und beim Abschied mit hundert Francs zudiensten, die er Marja, welche höchst eigenmächtig vorher von fünfundsechzig Francs gesprochen hatte, keusch in die Hand drückte.

Sasso erhielt noch am selben Abend von Marja ein genaues Referat dieses Spazierganges, fünfzig Francs und den Dank in Naturalien.

Tagsdarauf traf Marja, bereits im Besitz eines neuen Hutes und eines neuen Handtäschchens, verabredetermaßen mit Kuhle zusammen. Der führte sie in das ihm von einem befreundeten, aber gegenwärtig verreisten Photographen anvertraute Atelier, sprach und sprach, gebärdete sich, obwohl verheiratet und dank Sasso nicht ganz ohne Erfahrung, schüchtern und unsicher und zeigte ihr schließlich ein Buch über Michelangelo mit zahlreichen Bilderbeigaben.

Marja hielt es für nötig, einzugreifen. Während Kuhle vorlas und Erklärungen instruktivster Natur einfließen ließ, umhalste sie ihn plötzlich. Nun, an diesem Tage lasen sie nicht weiter.

Sasso vermochte, als ihm dieses berichtet ward, nicht einmal zu lachen. Es überraschte ihn nicht sonderlich.

Marja aber fürchtete, unter diesen Umständen könnten neuerliche Geldbedürfnisse nicht mehr zu plazieren sein.

Sasso, sofort Herr der Situation, beruhigte sie: „Jetzt erst recht."

Marja staunte ein wenig . . .

Als sie aber am nächsten Tag an Sassos Kaffeehaustisch zurückkehrte, hatte sie von Kuhle unter dem ihr aufgegebenen Vorwand, sich Bücher kaufen zu wollen, weitere hundert Francs erlangt.

Später holte sie sich auftragsgemäß Beträge zwischen fünfzig und hundert Francs für die Inskription als außerordentliche Hörerin der Philosophie an der Universität, für Nebenauslagen im Seminar, für allerhand Taxen, für das Abonnement an einer Privatbücherleihanstalt, für Stenographie-Unterricht, für englische Konversation, für Separatkurse, für das Abonnement wichtiger Fachzeitschriften etc. etc. etc.

Kurz, es war ein wirklich seltener Fall für Kuhle. Er fühlte sich bereits sehr und haßte mit dem ganzen Haß eines mit sich zufriedenen Menschen den geizigen, hartherzigen und beschränkten Vater Marjas.

Und sein Vertrauen war grenzenlos. Er glaubte an die wahnsinnige Liebe, die Marja ihm unter Zuziehung der bewährten Ratschläge Sassos vorheuchelte, glaubte an ihre Abneigung gegen diesen, der ihr zu zynisch, zu materiell, zu ungebildet wäre, glaubte an Sassos vergebliches Bemühen, Marjas Gunst zu erlangen (welches Motiv von Sasso verwendet worden war, um Kuhles mächtige Eitelkeit zu kitzeln), glaubte und glaubte, ja wurde dermaßen Idealist und Höhenmensch, daß er, um die Leiden Sassos, dem er ja schließlich seine Marja verdankte, zu enden, diese spontan zu bewegen versuchte, ein einziges Mal doch nur mit Sasso zu schlafen. Sie sollte es ihm zuliebe tun. Das sei Weibespflicht. Menschenpflicht.

Sasso traute seinen Ohren nicht.

Marja schüttelte besorgt das Köpfchen: „Das nimmt ja eine beängstigende Wendung. Und dann habe ich es, offen gestanden, wirklich bereits satt, mich von dir täglich zwei Stunden unterrichten zu lassen, um diesem alten Esel Bildung vorzumachen. Das ist ja schon fast so, als wenn ich wirklich studieren würde. Eine Schande! Ganz abgesehen von der Zeit, die ich fürs Geschäft verwenden könnte."

„Jawohl, Marja, das hat unerwartete Dimensionen angenommen. Da muß Schluß gemacht werden." Sasso hatte es gewaltig über, mit Nachhilfestunden sich Prozente zu holen.

Er setzte sich hin und schrieb an Kuhle einen anonymen Brief gegen sich selber. Schaudervollster Art. Daß er, Sasso, Erpressungen an Marja ausübe. Mit heftigen Spitzen gegen Kuhles Frau. Sie betröge ihn mit ihm, Sasso, und mit einem Postadjunkten namens Racine. Mit heftigen Spitzen gegen Marja, welche die Geliebte eines Geschichtsprofessors der Universität sei und die seine, Sassos. Und anderes Liebliche mehr. Der Brief war vierzehn Seiten lang. Es gab nichts im Umkreis der Interessen Kuhles, das Sasso nicht schamlos und raffiniert verdächtigte.

Das Ergebnis jedoch war niederschmetternd. Wenige Minuten, nachdem Kuhle diesen Brief erhalten hatte, erschien er zu ganz ungewöhnlicher Stunde, nämlich um neun Uhr morgens, an der Tür Sassos, um sich zu entrüsten, ihn seines felsenfesten Vertrauens zu versichern und zu bitten, ihm zu helfen, den Schreiber dieses Briefes zu entlarven.

Sasso hatte im Pyjama geöffnet und ließ stehend und bei offener Tür den entsetzlichen Wortschwall des in seinen edelsten Gefühlen wilderregten Höhenmenschen schweigend über sich niederprasseln.

Schließlich wunderte sich Kuhle nun doch über diese an Teilnahmslosigkeit grenzende Ruhe Sassos. Und mit einem Mal schwieg er. Und ganz plötzlich wurde er mißtrauisch, ohne selbst recht zu wissen, weshalb.

In diesem entscheidenden Moment hielt es Marja, die nun einfach endgültig genug hatte und ganz erbärmlich unter dem Federbett schwitzte, an der Zeit, sich hervorzubegeben.

Doch siehe da: nichts von dem, das sie erwartet hatte, geschah.

Kuhle trat lächelnd auf sie zu, umarmte sie väterlich und flüsterte ihr gerührt zu: „Ich wußte es ja, daß du die Kraft dazu haben würdest. Ich wußte es ja . . . Und Sie, Sasso, bitte ich um Verzeihung, daß ich Ihnen mißtraut habe. Jawohl, soeben habe ich Ihnen mißtraut . . .“ Er zerriß bei diesen Worten, leidenschaftlich bewegt, den anonymen Brief, den er in der zuckenden Hand hielt. „O, welch ganz seltene Stunde! Welch erhebende Stunde!“ Und er küßte ununterbrochen Marjas Hand und begann zu weinen.

Sasso sank verzweifelt auf einen Stuhl.

Marja ließ sich angeekelt in die Kissen zurückfallen.

Endlich bekam Kuhle Taktgefühl, grüßte menschenfreundlichst und ging, hocherhobenen Hauptes . . .

Sasso und Marja aber verließen mit dem Abendschnellzug Lyon, nicht ohne zuvor einen Scheck Kuhles, den Marja für alle Fälle gestohlen hatte, auf eine hohe Summe zu fälschen, um Kuhle jede Möglichkeit zu nehmen, weiterhin Höhenmenschentum zu begehen.

Mizzis Verführung

war keine Kleinigkeit. Seit sieben Monaten und neunundzwanzig Tagen bemühte sich der Student Krutzinger mit Hinzuziehung sämtlicher, Verführungen betreffenden Hör- und Lesefrüchte und mit bewundernswerter Ausdauer, aber erfolglos.

Endlich, als er gerade den Truc Casanovas, eine Freundin zuzuziehen, um in deren Anwesenheit das Opfer eitel und deshalb gefügig zu machen, mit einem Kostenaufwand von fünfzig Kronen und gänzlicher Ergebnislosigkeit ausgeführt hatte, verfiel er auf den so naheliegenden Gedanken, sich selbständig zu machen.

Daß jeder Mensch eine besondere Schwäche besitzt, wußte Krutzinger; und seit wenigen Stunden, daß die besondere Schwäche Mizzis eine gewisse romantische Vorliebe für Geistesgegenwart war.

Krutzinger schätzte diese Eigenschaft nicht: Geistesgegenwart begründe nur den paraten gesunden Menschenverstand, pflegte er zu sagen, obgleich sie zweifellos jedem besseren Berufsmenschen sehr schätzenswert sein dürfe; aber wen eine Situation wortlos mache, der sei wahrscheinlich ein feinerer Kopf, als wer sie blitzend zu beherrschen meine.

Krutzinger lernte nun zwar nicht um, aber er hielt diese Fähigkeit nicht länger in stolzer Verachtung bei sich zurück, sondern zeigte sie auf eine Weise, die ihm nicht nur bald den Ruf eines außerordentlich geistreichen und interessanten Menschen eintrug, sondern auch die restlose Gunst Mizzis.

Das kam so: Während eines Spazierganges mit Mizzi durch die Wiedener Hauptstraße hatte Krutzinger absichtslos erzählt, wie er vor einem Jahr seinen Onkel Poldi Schleier vor einem furchtbaren Debâcle gerettet hatte. Als er mit Onkel Poldi, der unter dem Namen Klinger mit einem Fräulein aus Berlin-Rixdorf in einem kleinen Hotel logierte, eines Nachmittags im Vestibül saß, war ein Kellner an den Tisch getreten und hatte mit lauter Stimme gemeldet: „Herr Schleier wird am Telephon verlangt." Sekundenlang hatten sie einander verzweifelt angestarrt, bis schließlich Krutzinger, dessen Name im Hotel unbekannt war, wortlos aufsprang und ans Telephon lief, wo er einer Dame, die sich nachher als Onkel Poldis Schwägerin herausstellte, mitteilte, daß ein Herr Schleier nicht im Hotel wohne.

Über die Veränderung, die diese Geschichte auf dem sonst ziemlich unbewegten Gesicht Mizzis hervorbrachte, war Krutzinger sehr erstaunt gewesen. Ihre vollen roten Lippen hatten sich sonderbar schwermütig verzogen, die Augen waren gleichsam aufgeglüht und hatten ihn schwärmerisch betrachtet.

Diese unerwartete Wirkung beschäftigte Krutzinger lange und intensiv, bis er in der auf dieses Ereignis folgenden Nacht plötzlich langsam das Bett verließ, sich auf einen Stuhl setzte und beschloß, von nun an bei jeder Gelegenheit Geistesgegenwart zu entwickeln.

Da sich während der nächsten Woche keine Gelegenheiten einstellten, zögerte er nicht länger, solche einfach herbeizuführen. Er verschmähte diesmal die Hinzuziehung von Büchern und Freunden, versteckte sich in der Ecke seines Stamm-Cafés hinter eine Zeitung und grübelte stundenlang.

Schon sein erster Coup war meisterlich.

Er führte Mizzi an einem trüben Herbstabend, der eine sehr schwarze Nacht versprach, in die Währinger Volksoper, überdies zu einer Aufführung des ‚Freischütz', und auf dem Heimweg durch die schmale menschenleere dunkle Pflanzergasse. Hier begann er, der ohnehin sehr wortkarg gewesen war, völlig zu schweigen, jedoch lauter aufzutreten, als wollte er den düsteren Eindruck des Weges verscheuchen. Ein flüchtiger Blick in Mizzis Gesicht ließ ihn denn auch eine bereits vorgeschrittene Unruhe agnoszieren.

Plötzlich tauchte vor ihnen aus einer Seitengasse ein Mann auf, der langsam vor ihnen herging.

Krutzinger wies Mizzi schweigend, mit einer Kopfbewegung, auf den unheimlichen Spaziergänger hin.

Mizzi erschauerte.

Der Mann ging immer langsamer: kein Zweifel, er wollte die beiden herankommen lassen.

Krutzinger zeigte sich vorsichtig aufs äußerste bestürzt, verlangsamte den Schritt und ergriff Mizzis Arm, der sofort erzitterte.

Mit einem Mal aber warf er sein Haupt rückwärts, flüsterte: „Na warte, Bürscherl! Kommen Sie, Mizzi!" und ging rascher.

Er wußte es so einzurichten, daß er kurz vor einer Laterne dem unheimlichen Menschen nahe kam.

In dem Augenblick, als sein riesenlanger Schatten bis zu den Knien über jenen Mann hinausfiel, nahm Krutzinger die Hand vom Rücken und senkte sie, indem er sie zur Faust ballte und nur Zeige- und Mittelfinger steif wegstreckte.

Der Mann zuckte zusammen, zögerte ein paar Sekunden, rannte dann aber in den Schatten der Häuser und verschwand. Er hatte Krutzingers Zeige- und Mittelfinger für einen Revolverlauf gehalten.

Mizzi preßte Krutzingers Arm fest an sich. Sie atmete hörbar.

Als sie endlich auf die Währinger Straße kamen, sagte sie leise: „Auf was für Ideen Sie kommen, Rudi!" und sah ihm tief in die Augen.

Krutzinger schloß selig, aber auch mit unsäglicher Befriedigung die Lider: der unheimliche Mensch hatte ihn zwanzig Kronen gekostet und drei Stunden, während welcher er, ununterbrochen redend, ein hartnäckiges Mißtrauen hatte vernichten müssen.

Zwei Tage später ging Krutzinger mit Mizzi zu Dehmel. Als man eben aufbrechen wollte, stellte Krutzinger ärgerlich fest, daß er kein Geld bei sich habe. Mizzi öffnete lächelnd ihr Handtäschchen. Das Portemonnaie fand sich jedoch nicht vor. Krutzinger hatte es kurz vorher herausgenommen. Was tun! Nach kurzem verkniffenen Überlegen zwang er Mizzi, stehend den Kellner zu erwarten. Nachdem dieser drei Kronen achtzig Heller verlangt hatte, trat ihm Krutzinger gewaltig auf den Fuß. Der Mann schrie fast. Krutzinger entschuldigte sich herzlich und bemühte sich noch herzlicher um den Wankenden, dem er, als er von Schmerz und Schreck einigermaßen sich erholt hatte, auf die Schulter klopfte und herablassend sagte: „Ich gab Ihnen fünf Kronen. Behalten Sie den Rest als Schmerzensgeld. Auf Wiederschaun!"

Auf der Straße betrachtete ihn Mizzi bereits mit unverhohlener Bewunderung. Er war für sie nicht viel weniger als ein erstklassiger Abenteurer.

Inzwischen aber hatte sich Krutzinger tatsächlich verändert. Er war nicht nur mutig geworden, sondern auch frech, und zwar derart, daß auch dazu Mut gehörte.

So rief er einmal einem Bekannten, der Mizzi schüchtern begrüßte, laut zu: „Mensch, nimm dich wieder mit nach Hause und laß dich nie mehr allein herumlaufen!"; einem bekannten Maler, der, Mizzi zeichnend, im Café am Tisch gegenübersaß: „Das Brautkleid seiner Mutter um den Hals zu tragen, finde ich lieblos!"; dem ‚Ober': „Eigentlich sehen Sie aus wie die Nachgeburt von Ihrem Bruder!"; und einem alten, sehr beliebten, aber gänzlich glatzköpfigen Schauspieler über drei Tische hinweg: „Kerl, setz doch den Hut auf! Wie kann man nur seinen Unterleib so nackt herumlaufen lassen!"

Ohne Krutzingers vorhergegangene Heldentaten hätte Mizzi wahrscheinlich schon nach der ersten dieser Frechheiten sich entrüstet gezeigt; jetzt sah sie in diesen Äußerungen den Ausdruck einer starken, hemmungslosen, kurz in jeder Hinsicht überlegenen Persönlichkeit.

Krutzinger, seiner Sache nunmehr völlig sicher, hätte sich ohne weiteres zum Sturm anschicken können. Von allen Seiten aber als gefürchtet mit besonderem Respekt behandelt und mit Elogen bedacht, wollte er die holde Vorbereitungszeit so lange wie möglich ausgenießen.

Eines Abends aber, als er bei Mizzi erschien, hatte er, die Folgen nicht bedenkend, ein blondes Frauenhaar angelegt. Es fiel diskret von der Schulter in die Rocktasche und war dem Stubenmädchen seiner Eltern ausgerissen worden.

Kaum hatte Mizzi dieses Haar erblickt, als sie es mit einem Ausruf der höchsten Überraschung ablöste, gegen den Luster hielt und teils schlecht versteckt-erbost, teils noch schlechter arrangiert-schelmisch um den Finger wickelte: „Ei, ei, Herr Rudi hat blonde Damenbekanntschaften."

Worauf Krutzinger ein wenig betreten tat, dann aber folgendes präparierte Märchen erzählte: er sei in der vergangenen Nacht Zeuge der Mißhandlung eines jungen Mädchens durch einen betrunkenen Studenten gewesen, hätte sich des Mädchens angenommen und, da es ohne Wohnung gewesen sei und sich weigerte, in ein Hotel zu gehen, zu sich geführt. Das wäre alles gewesen.

„Aber das Haar auf der Schulter? He?" rief Mizzi gereizt.

„Ach, sie weinte sehr. Ich konnte sie doch nicht fortstoßen!"

„Sie haben sie geküßt, Rudi." Mizzi leckte, schnell atmend, ihre vollen Lippen.

Krutzinger wandte und drehte sich sehr geschickt. „Nein. Sie – mich."

„Und dann? Was geschah dann?"

„Nichts weiter. Ich *wollte* nicht." Krutzinger gelang es, Mizzi mit wildverbissener Leidenschaft ins Gesicht zu blicken.

Mizzi senkte dunkel errötend das Köpfchen. Ihr Busen flog. Ihre Hände rissen an ihrer Schürze.

Und plötzlich warf sie sich aufschluchzend Krutzinger an den Hals.

Da die Eltern im Theater waren, ging Mizzis Verführung vor sich.

Die Gestufte

,,O, wie ich diesen Michail hasse! Und wie ich überhaupt dieses Leben hasse! Noch nie habe ich es so gehaßt wie heute! . . . Sagen Sie doch, Dmitry, was soll man denn nur tun . . ." Nuscha blieb sekundenlang großartig stehen und starrte tapfer geradeaus.

Dmitry hatte nurmehr den Wunsch, durch rabiates Schweigen von ihr fortzukommen. Als er aber ihren schönen Wuchs bemerkte, geriet dieser Wunsch bedenklich ins Wanken.

,,Weshalb lächeln Sie?" In Nuschas auf Leid gestellter Stimme schwang verhaltenes Mißtrauen.

,,Ich dachte an Baudelaires Verse unter Manets ,Lola de Valence': Entre tant de beautés que partout on peut voir . . . le charme inattendu d'un bijou rose et noir."

Die Wirkung stellte sich prompt ein: Nuscha senkte eitel die behutsam geschminkten Lider.

Dmitry hielt es für vorsichtig, Weiterungen zuvorzukommen. Er nahm Nuschas Hand, die still verzückt auf ihrem Busen ruhte, kühn herunter. Das erregte ihn jedoch so sehr, daß er sich nicht mehr zu beherrschen vermochte, die Arme schlenkerte und pfiff.

,,Ja, aber was . . ." Nuscha sprach plötzlich ganz hell, fast singend. Dann lachte sie übertrieben laut. ,,Aber mein lieber Freund, das hätte ich nicht von Ihnen erwartet. Oder ist das vielleicht eine besondere Zeichensprache? So wie in Spanien? Nein, spanisch ist das auf jeden Fall."

Dmitry ärgerte sich doch ein wenig. ,,Lassen Sie das! Das ist doch alles nicht wahr!"

,,Alles nicht wahr? Alles nicht wahr? Sie . . . ja . . . was . . . Sie . . ." Sie packte Dmitry mit beiden Händen vorne am Mantel, ließ ihn jedoch frei, als sie bemerkte, daß ihr so nicht einfalle, was sie sagen wollte. Sie schrie fast schon: ,,Und das jetzt bei Michail? War das vielleicht auch nicht wahr? Und das mit meiner Verzweiflung? Auch das nicht wahr? Aber als ich dieses Schwein, den Michail, mit dem Fuß wegstieß und als mir dieses verlogene alte Frauenzimmer, diese Hure widerlich wurde und als ich weinte und litt . . . Was? Das war alles nicht wahr? Und jetzt, jetzt schrei ich ja sogar! Und das ist vielleicht auch nicht wahr? Was? So sagen Sie mir doch, was jetzt mit mir los ist! Bin ich jetzt verlogen oder verliebt oder verzweifelt?"

‚Was habe ich da angestellt!' dachte Dmitry resigniert. Das Wörtchen ‚verliebt' aber blieb ihm angenehm im Ohr hängen. Er hatte die Empfindung, als spanne sich sein Körper von den Augen aus. „Jetzt . . . keines von diesen dreien . . . oder vielleicht alles zusammen."

„Alles zusammen? So? Wirklich? Ja? Also verlogen, verzweifelt *und* verliebt? Das ist ja reizend, einfach reizend! . . . Ph, Sie . . . Sie Petersburger . . ."

Sie stieß ihm die Faust leicht gegen den Magen, hüpfte, sich komisch-geziert drehend und schrill kichernd, quer über den Fahrdamm, schwenkte die Kappe über dem Kopf, auf dem die roten Haare aufgelöst flatterten, und rief: „Gute Nacht, mein Kleiner, gute Nacht!"

Passanten blieben stehen und grinsten.

Dmitry trat erfreut unter die Arkaden. So gedeckt, ging er Nuscha langsam nach.

Nuscha hüpfte immer noch. Das wirkte so grotesk auf ihn, daß er gleichfalls ein wenig zu hüpfen begann.

An einer Straßenecke blieb sie stehen, sah sich lächelnd um, ordnete ihr Haar und ging, sichtlich enttäuscht, weiter.

In der nächsten Straße setzte sie sich vor einem kleinen Café auf eine leere Kiste, trommelte mit einem Fuß ärgerlich auf den Asphalt, sprang dann plötzlich auf und hastete weiter, nicht ohne noch einen forschenden Blick zurückzutun.

Endlich lehnte sie sich in einer dunklen Nebenstraße an ein Haus und kramte in ihrem Pompadour.

Schräg gegenüber im Schatten eines erleuchteten Haustors stand Dmitry. Sein Herz hieb vor Aufregung gegen die Rippen. Ganz voll einer sicheren Erwartung starrte er hinüber und versuchte immer wieder, Nuschas Gesicht zu erkennen. So oft es mißlang, kicherte er lautlos vor sich hin.

Da kam Nuscha über die Straße her gerade auf ihn zu.

Er erschrak so heftig, daß er weder sich zu bewegen noch zu überlegen vermochte. In die Ecke gedrückt, mit schmerzhaft zurückgehaltenem Atem hörte er Nuscha das Tor aufsperren.

Miteins erblickte er ein ganz anderes Gesicht: aufgelöst, gleichgültig, höhnisch, geil . . . Seine Augen verbissen sich in dieses Gesicht . . . Nun hörte er sein rasch schneller werdendes Atmen. Und sofort war sein Entschluß gefaßt: er hüstelte.

„Wer ist da?" Nuscha fragte so leise, als fürchte sie ihre eigene Stimme.

Plötzlich aber verzog sich ihr Gesicht zu einer Fratze. Die Arme seitlich ausgestreckt, sank sie rückwärts und hielt sich krampfhaft an Klinke und Mauer. „Was wollen Sie? Wer sind Sie?"

Dmitry trat ein wenig vor und packte fest ihr Handgelenk.

Nuscha wollte aufschreien. Aber schon preßte sich seine Hand auf ihren Mund.

Ihre Arme fielen plump herab. Sie hatte Dmitry erkannt.

Sie lächelte verzogen und wankte auf, körperschwach, aber voll tiefer Befriedigung.

Mit einem Mal ging ein Ruck durch ihre ganze Gestalt. Sie riß sich Dmitrys Hand vom Mund. „Sind Sie verrückt? Was erlauben Sie sich!"

Dmitry packte sie wortlos und wühlte sich in ihre heißen Lippen.

Sekundenlang wand sie sich noch in seinen Armen, dann hing sie schlaff und willenlos.

Im Zimmer höhnte Dmitry: „Sagen Sie doch, was soll man denn nur tun . . ."

Sie wandte sich ihm zornflammend zu. Sank aber vor ihrer Lust in seinem Blick in sich zusammen.

Als er sie berührte, schlug sie ihm gleichwohl ins Gesicht.

Dmitry schlug sofort zurück.

Komplette fürchterliche Prügelei . . .

Als Dmitry dann im Bett Nuschas hiebentstelltes Gesicht betrachtete, sagte er weich: „Le charme inattendu d'un bijou rose et noir."

Nuscha küßte ihn wild.

Der Busenfreund

Hiil stammte aus Helsingfors, schrieb höchst unorthographisch und sprach entzückend miserabel französisch.

Der Engländer Chester, dem dieses von dem deutschen Dichter Moriz Adler, seinem Busenfreund, berichtet ward, ließ Hiil jedoch nicht deshalb allein sich präsentieren.

Moriz Adler war nämlich, so phantastisch es auch klingen mag, ein derart dummer Jude, daß dem Gerücht, er wäre lediglich ein uneheliches Erzeugnis des seligen Richard Dehmel, weithin Glauben geschenkt wurde. Sei dem nun, wie ihm wolle, Chester fand es im höchsten Grade verwertbar, daß dieser Moriz Adler, der über einen guten Wuchs verfügte, einnehmende Züge und ein konstant verheißungsvolles Lächeln, sein Dasein von einem einzigen, außerordentlich primitiven, immerhin aber in Ansehung seiner enormen Dummheit ganz erstaunlichen Truc bestritt: er behandelte nämlich die Damen, auf die er flog, wegwerfend, und diejenigen, auf die er nicht flog, desgleichen. Jenes hatte zur Folge, daß er lukrativst reüssierte, dieses, daß sein Renommée kontinuierlich stieg.

Chester war deshalb sofort davon überzeugt, daß Hiil unter allen Umständen eine ganz exorbitante Meinung von Moriz Adler mit sich herumschleppte, und drang auf eilige Präsentation.

Diese erfolgte in dem in Montreux befindlichen Salon der rituell schwankend beurteilten Russin Isabell Didenko, dem augenblicklichen Stall Moriz Adlers, und zwar an einem Abend, an dem weder Herr Casella noch Herr Bolo-Pascha erwartet wurden, die auch späterhin nicht mehr erschienen, teils weil vorsichtiger geworden, teils weil bereits verhaftet.

Chester ging mit der seiner Rasse eigenen, sehr bemerkenswerten Schlauheit ans Werk.

„Wie der gute Junge sich quält, gequält zu erscheinen," äußerte er kühl, kaum daß er ein paar Worte mit Hiil gewechselt hatte.

„Sie spröchen von der Moriz Adler?" Hiil kräuselte süß die Oberlippe. „Sie wohl neidisch?"

„Ich?" Chester erstaunte erfreut. „Moriz Adler ist doch hoffnungslos erblüht – für Madame Didenko."

Hiil lachte höhnisch in ihren wirklich lieblichen Busen hinein. „Aber söhen Sie dach nör, wie nachlässig er zu ühr spricht!"

,,Ebendeswegen," zielte Chester, agnoszierte augenblicks die erwünschte heftige Neugierde Hiils und zögerte nicht, die mit sehr schlecht versteckter Ungeduld hervorrieselnden Fragen langsam, zielbewußt und überaus beiläufig zu beantworten.

Hiil, die deshalb nach Erschöpfung dieses Themas nicht das geringste Interesse mehr für Chester aufzubringen vermochte, saß alsbald in der nächsten Nähe Madame Didenkos, der sie, entschlossen, um jeden Preis zu siegen, ziemlich unvermittelt mitteilte, Moriz Adler sei eigentlich gar kein Schweizer, sondern ein Boche und außerdem ein richtiger Spion; das sei auch die Meinung Chesters, fügte sie um einige Nüancen leiser hinzu.

Dieser, der seinen Busenfreund Moriz Adler soeben absichtsvoller Weise zugeflüstert hatte, daß Hiil ihn verabscheue, hielt der bald darauf von Madame Didenko an ihn gerichteten Frage, ob es wahr sei, daß Moriz Adler . . ., sekundenlang regungslos stand, reflektierte ruhig, aber ergebnisvoll und kalkulierte nach einem kurzen Blick auf die wegen ihres Schachzugs doch ein wenig nervöse Hiil, daß es das Beste wäre, fast unmerklich mit dem Kopf zu nicken.

Noch am selben Abend warf Madame Didenko den deutschen Dichter Moriz Adler deutlich aus ihrem Salon.

Hiil, deshalb scheinbar sehr dekonzertiert, verabschiedete sich raschest, holte Moriz Adler vor dem Hause ein und schlief noch in derselben Nacht mit ihm.

Chester aber näherte sich Madame Didenko und um ein Gewaltiges seinem Ziel, das nicht so sehr darin bestand, zu Beträgen zu gelangen, als vielmehr, bereits anderwärts erhaltene zu rechtfertigen.

,,Warum nur Casella sich nicht mehr blicken läßt," sondierte er nach Verlauf zweier Tage.

,,Ach, er wird einen Flirt haben. Und dann diese dumme Geschichte mit Bolo . . ." fügte Madame Didenko nachdenklich hinzu.

,,Bolo? Ich glaube nicht an seine Verhaftung," log Chester.

,,O doch . . ." sagte Madame Didenko bestimmt, aber leise.

,,Dann muß Ihnen diese neuerliche Geschichte . . . mit Moriz . . ."

,,Schweigen Sie, ich bitte Sie!"

,,Und da soll man noch sagen, daß die Deutschen sich nicht zu verstellen wissen."

„Ach, ich habe große Lust, nach St. Moritz zu gehen. Für einige Zeit . . .“ Madame Didenko erhob sich nervös.

Dieses Gespräch genügte Chester, um die bald nach hergestellter Intimität während eines Spaziergangs gemachte Entdeckung, daß Madame Didenko unter dem Namen C. Cuslin postlagernd Briefe behob, dergestalt zu benützen: er füllte einen Nachsendungsantrag auf diesen Namen aus, kuvertierte ihn, warf ihn in einen Briefkasten und fuhr zwei Tage später nach Genf, wo er auf dem Postamt in der Rue du Stand die Briefe an C. Cuslin unbeanstandet behob.

Die Folge davon war, daß Madame Didenko gelegentlich einer Autofahrt den See entlang wie zufällig auf französisches Gebiet geriet und nicht mehr gesehen ward.

Tagsdarauf erschien Chester im Hotel Moriz Adlers und traf, woran er nicht gezweifelt hatte, Hiil daselbst an.

„Ist wahr, daß Madame Didenko . . .?“ fragte Hiil augenblicks.

„Ich glaube eher an eine Entführung,“ meinte sachte Chester.

„Entführung?“ wunderte sich Moriz Adler maßlos. „Aber wer sollte denn . . .“

„Man munkelt – Casella,“ jonglierte Chester.

„Casella? Niemals! Das ist dach einer Spion!“ Hiil wandte sich empört ab.

„Ausgeschlossen,“ versicherte Moriz Adler mit Kennermiene.

„Vielleicht also – Bolo.“ Chester langweilte sich schon.

„Aber dör ist dach schon verhäftet.“ Hiil lachte lieblich.

Chester zuckte leicht die Achseln und entfernte sich nach einer Viertelstunde, nicht ohne die beiden zu bitten, morgen den Tee bei ihm zu nehmen.

Am nächsten Mittag erhielt Moriz Adler folgenden Brief aus Villars, von der Hand Madame Didenkos:

Geliebter,

alles nur arrangiert, um Dich nicht zu verlieren. Die Szene bei mir wurde plötzlich nötig, da Renald sich als Freund meines Mannes entpuppte, was ich durch einen glücklichen Zufall erfuhr. Komm sofort! Ich wohne inkognito bei dem Förster Sesselli, drei Kilometer hinter dem Hotel Cumberland. Tausend Küsse von Deiner Isa.

Da dem Brief eine Hundertfrancs-Note beilag, war Moriz Adler sehr entzückt, umsomehr, als Hiil in jeder Hinsicht an der von ihm erwarteten Pflege es fehlen ließ, und schrieb ungesäumt folgenden Brief:

Liebe Hiil,

eine dringende Depesche ruft mich für einige Tage nach Bern. Entschuldige bitte mein unhöfliches Verschwinden. Ich bring Dir was Schönes mit. Bleib mir treu, hörst Du? Dein Moriz.

Hierauf bestieg er den Schellzug nach Villars.

Inzwischen nahm Hiil, die Moriz Adler nun wirklich für einen deutschen Spion hielt und sich selbst für eine mit seltener Intuition versehene Dame, bei Chester den Tee.

„Sie sind eine sehr schöne Frau," sagte Chester nach einer Pause.

„Das weiß ich," lächelte Hiil vergnügt.

„Damit aber imponieren Sie mir nicht."

„Sie imitieren wohl dieses Moriz, dieses Idiot?"

„Ach nein," sagte Chester. „Was ich an Ihnen schätze, ist der Umstand, daß Sie unorthographisch und überhaupt mühevoll Briefe schreiben, keine einzige Sprache wirklich beherrschen, aus Helsingfors sind, einer in jeder Beziehung unwichtigen Gegend, und nicht den Ehrgeiz haben, mehr sein zu wollen als eine schöne Frau."

„Großartig!" lachte Hiil. „Aber woher wissen alles Sie denn das?"

„Ich interessiere mich doch schon seit langem für Sie. Wollen Sie meine Freundin werden? Ich gebe Ihnen tausend Francs monatlich."

„Abör Sie sind auch keine Spion?"

„Nicht daß ich wüßte!" Chester lachte aus vollem Halse, wurde aber doch plötzlich ein paar Sekunden lang bleich.

Hiil fuhr, da es Chester nicht mehr recht in der Schweiz gefiel, mit diesem anderntags nach Paris und später nach London.

Moriz Adler aber, sein Busenfreund, suchte zwei Tage lang vergeblich das Haus des Försters Sesselli. Nach stundenlangen verzweifelten Überlegungen betrachtete er träumerisch den Brief Madame Didenkos, betrachtete ihn abermals und schließlich ganz außerordentlich intensiv, wobei er endlich bemerken mußte, daß die Handschrift sehr geschickt nachgeahmt war.

Wütend und außerstande, zu begreifen, fuhr er nach Montreux zurück und sofort in das Hotel Chesters.

Aber noch nach drei Tagen begriff er absolut nichts. Ein selten dummer Jude.

Der rote Strich

Jaccoud, sternhagelbesoffen, brüllte durch Gekreisch und Rauch:

„Morgenro-ot, Morgenro-ot,
o, der Mensch ist ein Idio-ot.
Nein, es ist das Morgenrö-ötchen,
denn der Mensch ist ein Idiö-ötchen . . .“

Der Rest wurde von dem Radau zu Boden sausender Gläser verschüttet: Lucile war leidenschaftlich geworden.

„Bébé, hättest du jetzt das Näschen gerümpft, ich hätte dich wahrhaftig geschmissen.“ Luciles übernasse Lippen verspritzten lieblich Moet-Chandon w. St.

„Nachdem er schon für vier Blaue geschmissen hat?“ empörte sich Suntoff belustigt.

„Tais-toi, Iwan! Ich glaub einem die Begeisterung für meine Haut erst, wenn er sich déroutiert.“ Luciles Kinn rieb sich schmeichelnd auf Bébés rundlich glitzender Wange.

„Déroutiert?“ Suntoff rülpste längere Zeit. „Ich wäre da stets im Zweifel, ob es sich nicht um reguläre Besoffenheit handelt.“

„Die Besoffenheit, c'est moi. Capito?“ Lucile schluckte selbstbewußt.

„Capito,“ benäselte sie nebenan Suzanne, deren Unteroffizier sich eben mit Ale beträufelte. „Schick doch mal ein Glas Schaum rüber! Ich möchte diesem Schwein die Hose putzen.“

„Morgenro-ot . . .“ Jaccoud verkiekste sich, da Lucile, deren Achsel sein Mund benützen wollte, ihm einen Schluck Wein ins Gesicht spie.

Währenddessen flüsterte Madame Rosier, des Ensembles Besitzerin, da ihre Lippen ein roter Strich, Bébé ins Ohr: „Deux cents francs pour les verres cassés.“

„Deux . . .“ lallte Bébé sulig und wühlte, von Luciles weißem Schenkel sehr lebhaft befeuert, ein Knäuel Banknoten aus seiner Hose, dem er fünf Fünfzigfrancs-Scheine entzupfte.

Einer flatterte zu Boden, in eine Weinpfütze: genau unter Suntoffs Schuhsohle.

Das soeben wieder weinfrei gewordene linke Auge Jaccouds

hatte diesen sonderbaren Fall bemerkt. Sofort stieß er seinen Absatz auf Suntoffs Vorderfuß.

Der schrie entsetzlich auf. Vor Schmerz vornübergestülpt, kam er mit einem Elbogen in Mayonnaise zu liegen.

Als ihn Luciles Fußtritte auf seinen Stuhl zurückgeliefert hatten, trocknete Jaccoud längst wie besessen seine Beute zwischen Stuhl und Hemigloben.

Suntoffs singendes Pedal verbot jede Erhebung; umsomehr, als Madame Rosier entzückt seine Lendengegend streichelte, tröstend: „Ich pfeif dir Suzanne her, ja? Die soll hier mitsaufen."

Suntoff küßte dankbar ihren fetten Hals.

„Nein, es ist das Morgenrö-ötchen . . ." schmetterten Jaccouds fünfzig Francs.

„Am schönsten ist die Natur, wenn sie jouissiert," äußerte der Unteroffizier Blech, in Zivil Literat, derzeit bereits einsam, und beglotzte melancholisch Suzannes fabelhafte Hüften.

Majestics Earl Ragtime begann gummig aus dem Hauptsalon einherzugeilen.

Blechs kahlrasierter Edelschädel hing deshalb bereits wie getrennt über der Tischplatte. Plötzlich aber blieb er lüstern in der Luft stehen: Mouches zartbehemdete Beine quollen rundlich heran.

Von Blechs Tressen und Ale jedoch jäh entzaubert, lenkte sie ihren Schwung geistesgegenwärtig auf Jaccouds zitternde Knie ab, der sie, schnell wild, wenn auch heiser umfing: „Nein, *du* bist das Morgenrö-ötchen . . ."

„Es gibt nur eine einzige Lösung der Hypothesenlehre," rief jetzt gänzlich unvermittelt Suntoff. „Man koitiere sich in einem Zuge zu Ende."

„Nein, in einem Puff," schrie Jaccoud gröhlend.

Sofort bemühte sich Mouche, seiner Besoffenheit beizubringen, daß er sich daselbst befinde.

Doch Jaccound seufzte bereits wieder: „O, der Mensch ist ein Idio-ot . . ."

Mouche, durchaus dieser Ansicht geworden, hüpfte so heftig von Jaccouds Knien, daß er vom Stuhl glitt; befäustelte kurz ihre Äuglein ob dem Anblick der plattgesessenen Banknote; flatterte die getrocknete flugs hoch, barg sie zärtlich unterhalb der Coiffure und wogte alsbald beflügelter denn je hinweg.

Blech taumelte, dadurch und durch Suzannes unentwegte Zärtlichkeiten für Suntoff zur Rache geneigt, schwerfällig empor und entschlossen, Energie zu entwickeln, auf den immerhin entgeisterten Jaccoud zu: „Sie Morgenro-ot, die also Entschwebende hat sie beerbt"; hierauf an Bébés Tisch, bereits Suzannes krachendes Händchen in den Schreibefingern: „Ich bin ein Genießer, kennt ihr meine Farben?"

„Bravo!" heulte Madame Rosier, drückte Blech ein Glas zwischen die Zähne und zerrte ihn dann an ihren Bauch.

Suzanne bog ihr Gelenk so genau gerade, daß sie zu schreien vergaß. Als es ihr einfiel, verhinderten sie Suntoffs fleißige Lippen bereits, es nachzuholen.

Lucile, die Blechs Hornhaut sich verdicken sah, setzte ihm ihr schuhloses Füßchen tremolierend in den Schoß, dessen Vergnügen Madame Rosier schnell auf sich zog, indem sie mit ihrem wulstigen nackten Unterarm so lange den dünnen Literatenhals massierte, bis der Edelschädel auf ihren zu diesem Behufe aufgesunkenen Mund niederhopste.

„Bébé, liebst du mich?" lispelte Lucile weinverschwitzt.

„Überall. Das sieht doch jeder Träumer." Suntoff schob sich seitlich an Bébé heran, Suzanne als Deckung vor sich her küssend.

Und während Lucile, von Bébés lechzendem Kopfnicken wie hingerissen, sich in seinen Wanst verwalkte, preßte Suntoffs Knie die Faust Bébés, die seine letzten Banknoten umkrallt hielt, fest an das Fauteuilholz, so daß sie sich öffnete und mühelos leeren ließ.

Je mehr Bébé, nichts Gutes ahnend, sich unter Luciles Gluten wand, desto mehr steigerte er sie. Er schnaufte, schnappte, geiferte, quakte, quargelte, pfiff.

Lucile raste zweckentsprechend. Endlich stieß sie voll gut berechneter Begeisterung den Tisch um und schrie, Bébés Kopf von sich weisend: „Déroutier dich! Déroutier dich! Oder du liebst mich nicht!"

Madame Rosier nickte beifällig und versuchte vergeblich, Blech, der schon mit einem Fuße zwischen Suzannes von Suntoff verlassenen Beinen stand, zu betören.

Bébé hob erschüttert sein Fäustchen gen Himmel und ließ es drohend baumeln: „Suntoff, Suntoff, gib mir meine . . ."

Suntoff eilte überbeflissen herbei: „Galonen? Was, mein hehrer Gönner?"

„Meine, meine . . ." schwapperte Bébé verstört.

Suntoff warf ihm Lucile auf den Bauch.

„Bestohlen! Bestohlen!" Bébés zum Platzen rotgewordene Bäcklein erbebten gräßlich.

„Was?" Lucile fuhr vollendet beleidigt zurück. „Du Déroutenschwein! Das ist deine Liebe? Du kneifst? Ich – gestohlen?" Sie fetzte sich, nicht ohne Vergnügen, die Schwimmhose vom Leib. Und da sie Mouche, die gleichfalls splitternackt geworden war, und Jaccoud sich prügelnd um die Ecke wanken sah, watschte sie, eine suggestive Kollegin, Bébé jämmerlich.

Madame Rosier warf sich heiter verzweifelt auf sie, Blech auf Suzanne, Suntoff auf die Tür.

Macioces Aristocratic Fox-Trot gab allem den Takt.

Als unter tatkräftiger Mitwirkung des Hauptsalons allmählich Gemessenheit in die Bewegungen kam, sauste Suntoff, achthundert Francs unablässig küssend, in ein Taxi, dessen Schlag Madame Rosier zublitzte.

Wieder im Salon, riß sie, weil geschäftstüchtig und auf Blech scharfsichtig hoffend, Suzanne aus dessen langen Armen, hieb ihr schallend auf den Hintern und keifte: „En avant! Au salon!"

Blech, der ohnedies sehr befürchtet hatte, fünf Francs würden nicht genügen, ließ sich unglücklich, aber doch auch ein wenig mit dieser Erledigung zufrieden auf die Weinreste nieder und lispelte: „O, wie lieb ich das Gelichter des Lebens!"

Lucile war längst verschwunden. Sie plätscherte sich in ihrer Wanne Wein und Wehmut aus, streckenweise hauchend: „Suntoff, du bist tipp-toff!"

Bébé lag, eine dicke Weinleiche, in einer dunkelschillernden Pfütze. Sein Auge brach. Man ließ es geschehen.

Jaccoud jedoch, der seine fünfzig Francs endgültig verloren glaubte, fühlte sich plötzlich von hinten bedurft. Mouches flaumige Wange schob sich gegen die seine vor: „Komm, Bubi, du schläfst mit mir, du bist so stark . . ."

Jaccoud hatte soeben einen bläulichen Lichtstreifen oberhalb des Fenstervorhanges gesichtet und brüllte furchtbar: „Morgenrot, du Idio-ot!"

Madame Rosier aber feixte, an Blech heranwankend, niederträchtig. Ihre Lippen rollten sich langsam ein. Der rote Strich verschwand.

Der große Verbrecher

Als Numi erwachte, hörte er sprechen.

,Ah, Blanche. Doch die andere Stimme?' Numi lauschte verschlafen: ,Schunte!' Augenblicklich schluckte er, völlig wach geworden, den Atem und rührte sich nicht.

,,Du kennst mich doch, Schunte," hörte er Blanche sagen. ,,Ich habe einfach nicht ausgeschlafen. Das ist alles."

,,Schön. Also die achttausend sind sicher. Du mußt halb vor drei im Café Lyrique sein. Bitte, hör genau zu . . ."

Die Stimmen wandten sich in eine andere Richtung.

Numi setzte entzückt die Zeigefinger an die Ohren, vermochte aber erst nach einigen Minuten wieder zu verstehen.

,,Persönliche Fabel ist hervorragend," kicherte Blanche.

,,Du bist meine cousine germaine, meine Gliedkusine, Belgierin und erst seit drei Wochen in Genf. Fertig. Bitte nicht die leiseste Dichtung. Das erweckt Mißtrauen oder doch nur den Eindruck von Trottelei. Ferner . . ."

Abermals entzog sich Numi das Weitere. Bald aber hörte er Blanche wieder:

,,Aber was soll ich denn anziehen? Hein?"

,,Pas grand'chose! Halb vor zwei kommt ein Fräulein zu dir, das dir ein dunkelblaues Kostüm bringt. Gutbürgerliche Nebenanleimung von mir, die Kleine, lediglich zu ähnlichen Zwecken. Also keine Konversation, wenn ich bitten darf. ,Merci!' – und dann hinaus mit dem Wesen."

,,Großartig. Woher hast du diese Schneegans?"

,,Pah, Spielerei . . . Übrigens . . ."

Das Folgende blieb für Numi unverständlich. Er zitterte bereits vor Ungeduld und Neugierde, als endlich Schunte wieder vernehmlich wurde:

,, . . . Die Schlipski? Die sitzt seit gestern mit irgendeinem Schnurrbart in Nyon und hält sich für eine Lebenskünstlerin, das Biest."

,,Ja, und nachher?"

,,Nachher sandte ich mich still nach Hause. Wer sitzt da tollkühn vor meiner Tür? Kralup. Pumpt mich mit voller Erfolglosigkeit an, übt sich eine Viertelstunde im Lügen und wird von mir mit einer kleinen Mission entlassen . . . Alles nur meine Laufburschen, diese Dromedare . . . Kralup erinnert mich übrigens an einen sehr günstigen Kauz, so eine stille Größe, die sich einbildet, einen Extraschatten zu werfen. Blöder Stümper natürlich und um den Bauch zu binden. Vorgestern holte ich mir den Trottel im Café, seifte ihn mit einem schäumenden Sermon ein, daß er nur so ächzte, und nahm ihn so ein bißchen mit in den Salat . . ."

„Wer ist denn das?"

„Ganz besonders gestielter Name: Jonas Numi, bitte. Kennst du den Vogel?"

„Ich? . . . Bitte nicht so laut! . . . Ja, flüchtig."

„Hast du Mäuse? . . . Also der Junge ist direkt eigens dazu geboren, daß man ihm schlechte Erfahrungen verschafft. Nebenbei: mach den Jungen flüssig, dann wird er glatter . . ."

„Sssst! Es ist wegen . . ."

Geflüster. Schließlich konnte Numi von Schunte noch einiges auffangen:

„. . . Im Café werde ich für dich bezahlen. Das wirkt nämlich doch wieder besser. Und vor der Schneegans bitte keine Reden halten . . . Hast du vier Francs? . . . Merci beaucoup . . . Hübsch bist du heute . . . Ich habe lange nicht mehr mit dir . . ."

„Adieu. Bitte, laß mich jetzt . . ."

„Excusez, madame. Ich vergaß: nicht ausgeschlafen . . . Au revoir!"

Die Tür ging.

Numi drückte langsam den Kopf in das Kissen.

Gleichdarauf stürzte Blanche an den Vorhang und atmete befreit auf, als sie Numi hold schlafend erblickte. Dann weckte sie ihn stürmisch.

Später setzte sich Numi mit einem Glas schwarzen Kaffees in eine Ecke und betrachtete geruhsam Blanche, die vor dem Spiegel mit ihren Chignons kämpfte.

„Vorhin war Schunte einen Moment da." Blanche lauerte angespannt in den Spiegel, in dem sie Numis Gesicht sehen konnte.

„So." Numi, der wußte, daß sie ihn sah, beäugte verzückt sein Stück Brot.

„Wie gefällt er dir?" Blanches Hände in den Haaren hielten inne.

Numi blickte ihr mit unüberholbarer Treuherzigkeit in die Augen. „Ich kenne ihn nur flüchtig."

Blanche sah augenblicks weg. Ihre Finger hasteten wieder. „Ach, das sagt man immer, wenn man nicht schimpfen will. Ich mag Schunte trotz allem sehr. Das erste, was ich über ihn hörte, hat mir schon sehr gefallen. Man erzählte mir, er sei mit achtzehn Jahren nach Paris gefahren, um ein großer Verbrecher zu werden, und nur, wenn ihm das nicht gelingen sollte, ein Dichter. Sehr nett, nicht wahr?"

„Wie alt ist er jetzt?"

„Neununddreißig."

„Und noch kein Dichter?"

„Sehr nett, wirklich ... Aber wer sagt dir, daß er *kein* großer Verbrecher ist?"

„Meine Nase und die Art, wie er – dichtet." Numi biß selig in sein Brot.

„Er *ist* doch kein Dichter."

„Aber er lügt ebenso."

„Ph, kennst du einen Verbrecher, der *nicht* lügt?"

„Nein. Aber Lügner, die keine Verbrecher sind."

„Qu'est-ce que ça? ... Du verstehst dich ja selber nicht." Blanche flizte, sich sehr überlegen fühlend und deshalb vergnügt, durch die Mansarde.

Numi näherte sich ihr, noch weitaus vergnügter, und gab ihr Gelegenheit, sich an die vergangene Nacht zu erinnern.

Im Verlaufe dieser Erinnerungen gelang es Numi mit geschickter Benützung seiner Armbanduhr, es so einzurichten, daß Blanche halb vor zwei das im Korridor befindliche Kabinett, wo sie in solchen Fällen stets länger als wahrscheinlich sich aufhielt, frequentieren mußte.

Fast pünktlich erschien die gutbürgerliche Nebenanleimung in Gestalt eines etwa zehnjährigen Schmutzfinks.

Das sehr unappetitliche Paket, das lediglich einen bereits weidlich benützten Rock barg, legte Numi versteckt neben die Tür.

Mehr noch über das Ausbleiben des heiß erwarteten Kostüms erstaunte Blanche über eine Stadtdepesche, die gegen zwei Uhr eintraf.

Numi tat, als interessierte ihn nichts als ein Loch in der Hose.

„Das ist jetzt schon das dritte Mal!" entfuhr es dem Zorn Blanches.

„Was denn," äußerte Numi so nebenhin.

„Ach, immer wieder nichts."

,,Hör mal," begann Numi nach einer Weile, da es ihm gelungen war, den Namen Schuntes unter der Depesche zu lesen. ,,So weit ich mich erinnere, hast du noch fünf Francs. Wie wär's, wenn wir essen gingen?"

„Je n'ai rien du tout." Blance pfiff die große Arie aus Aïda.

„Aha, Schunte!"

,,Ça ne te regarde pas."

,,Ja, der große Verbrecher, der sich francsweise durchs Leben gaunert."

,,Du bist eifersüchtig."

,,Mitnichten. Aber als er mir den Vorschlag machte, ihm zwei Francs zu pumpen, damit er eine in die Tausende gehende totsichere Sache nicht im letzten Moment wegen Körperschwäche aufgeben müsse, ließ ich ihn glatt stehen."

,,Ist das wahr?"

,,Ebenso wahr wie der Verlust von acht Francs seitens des freundlichen Knaben Kralup, der so naiv war, zu glauben, ohne diesen Betrag müßte ein Kamerad Schuntes in Rotterdam auf vier Jahre ins Gefängnis wandern, mit dreitausend Gulden in der Tasche."

,,Hm." Blanche war enorm nachdenklich geworden.

,,Apropos, als du vorhin draußen warst, brachte ein Scheusal von einem Straßenjungen ein Paket für dich . . . Hier."

Blanche stürzte sich darauf.

Plötzlich aber schrie sie auf: ,,Mais non! Das ist ja mein eigener Rock? Der, den ich seit Wochen vergeblich suche."

Numi zuckte die Achseln und mimte vortrefflich den Ahnungslosen.

Den Rock auf den zuckenden Knien, saß Blanche sekundenlang unheildrohenden Gesichts da.

Plötzlich schaute sie scharf nach Numi, der sich jedoch durchaus nicht irritieren ließ.

Nun versagten ihre Nerven. Sie sprang auf und schrie: ,,Je ne comprends pas ça! Wie kommt Schunte zu meinem Rock?"

,,Schunte?" wunderte sich Numi nett. ,,Er wird ihn dir wohl geklaut haben."

,,Hör, Numi! Schunte hat mir, als er heute hier war, versprochen, mir ein Kostüm zu schicken. Und nun . . . Je ne comprends pas ça!"

,,Er hat jedenfalls einen alten Kleiderhandel. Vielleicht verschafft er sich die Ware stets so, wie dir dieser Rock abhanden kam. Infolge seines stattlichen Lagers hat er sich wohl diesmal geirrt." Numi musterte den schadhaften Plafond.

„Ein Straßenjunge brachte den Rock, sagtest du?"

Numi nickte kaum.

Blanches Lippen verrissen sich kläglich.

„Wieviel hat er dir denn im ganzen bereits abgeschwindelt?" fragte Numi plötzlich scharf.

Blanche, die ohne es zu merken, langsam in Numis Gewalt hinüberglitt, sagte leise: „Vielleicht dreißig Francs."

Numi lachte unverhohlen: „Nun, der Rock ist keine zehn Francs mehr wert und sollte dich wohl wenigstens so weit trösten, um noch weitere dreißig Francs aus dir herauskitzeln. Kein Zweifel, Schunte ist ein großer Verbrecher."

Blanche sank gebrochen auf eine Kiste.

„Komm, mein Kind, wir gehen jetzt zu Beltrami essen." Numi preßte seine Hand fest auf ihre Schulter. „Das Weitere wird sich finden, wenn du parierst."

Blanche fiel ihm um den Hals.

Eine unhaltbare Konstellation

„. . . und als ich die Stufen der Manhattan-Kirche hinabbrannte, um Ellie einzuholen, zertrat ich eine Taube und fiel in den Dreck.“ Bert schnob erbärmlich.

,,Ellie? Wer ist das?“ Eric zerrte massierend der Reihe nach an seinen Fingern, bis sie knackten. ,,Ach ja. Macht sie nicht Zigarettenschachteln naß, wenn sie ihre Prügelnarben wegschminken will?“

Berts ohnehin nicht allzu schöne Augen stiegen tierisch hervor: ,,Erstens befindet sich Ellie jetzt in einem Geschäft in Brooklyn und zweitens möchte ich baden.“

Eric schob still einen Cake auf die Zunge, die ihn schnell nach hinten zog.

Berts Schläfen füllten sich mit Blut: ,,Also?“

Eric, der die Aufregung anderer stets als unberechtigte Störung empfand, schluckte sich mißlaunig den Mund leer: ,,Landschaften verursachten mir von je Gram und du – beständig Kummer.“

Berts dicke Nasenflügel schoben sich bösartig nach unten zusammen. Da hatte er jedoch den ausgezeichneten Einfall, eigenmächtig und ohne weiteres das Badezimmer zu benützen.

Eric, der Schritte im Flur gehört hatte, kümmerte sich nicht um ihn.

Menette tschinderte meisterlich über das Parkett und tat knapp vor dem Klubfauteuil eine blitzschnelle Wendung, so daß sie genau sitzend hineinschoß: ,,O heaven!“

Worauf sie, ohne Eric auch nur im mindesten zu beachten, mit etwa einem Dutzend verschiedener Stifte ihr Gesicht aufzufrischen begann.

Eric pendelte sich hinter sie und nahm rasch über ihre Schultern hinweg unter der Achsel hervor ihren apfelgroßen Busen in die Hand.

,,Ich schätze das nicht,“ zwitscherte sie, ohne aber Eric zu behindern.

Bei diesen Worten, Menettes Leibredensart, schwamm es Eric süß durch den Rumpf und anschließende Körperteile.

Dann fragte er zu seiner Beruhigung: ,,Weißt du, wo Jack ist?“

,,Bei Mabel.“

„Und Bobby?"
„Der hat sich erschossen."
„Verflucht! Ich hatte ein Rendez-vous mit ihm."
Entzückt zog Menette Erics Lippen auf ihren frisch duftenden Mund . . .
Glasigen Auges stierte Eric auf die hold bebenden Brüste Menettes, die nachher stets einschlief, als er den dumpfen Schrei vernahm:
„Eric, ein Handtuch!"
Es kam ihm sauer in den Hals. Sein Kopf wackelte empört. Dann stand er knirschend auf.
Neben der in den Boden eingekachelten Wanne rutschte er aus und purzelte in das von Berts Dreck geschwärzte Wasser.
Bert, der Erics fliegendem Arm noch rechtzeitig das Handtuch entrissen hatte, drückte sich, nur mäßig bekleidet; und bald darauf, von wilder Schadenfreude erfüllt, in jenes Klubfauteuil, von dem aus seinem heftigen Glotzen die schlafende Menette nicht zu entgehen vermochte.
Alsbald durchstachen Schweißtropfen seine Stirn. Seine Knie erzitterten. Seine Zunge spielte selbständig zwischen den klaffenden Zähnen.
Hierauf aber näherte er sich übertrieben unbefangen Menettes Lager.
Eine Parkettdiele, die einen gequälten Ton von sich gab, vernichtete Berts Unternehmung: Menettes Augen entkniffen sich.
„Das schätze ich nicht," zirpte sie ins Leere.
Das stolz begonnene Lächeln Berts verglitt.
„Was, Sie hier? Und in diesem Aufzug?"
Bert platschte sich entsetzt das feuchte Handtuch um seine zottige Brust. Unwillkürlich nahm er eine abruzzenhafte Stellung ein.
„Retten Sie sich! Wenn Eric kommt, erschlägt er Sie!" Infolge Menettes Kleinheit wirkte ihre Stimme lauter, als sie war.
„Pst!" machte Bert geistesgegenwärtig und leckte, Menette unentwegt beglotzend, schwermütig seine wulstigen Lippen.
Menette sprang auf die Füße: „Was erlauben Sie sich!"
„O, wenn Sie wüßten, Menette, wie ich . . ." Bert fischte erfolglos nach ihrer Hand.
Menette wandte sich ab. Sie lächelte bis unter die Haare. „Gehen Sie! Gehen Sie um des Himmels willen! Wenn Eric käme! Ich bin

ein anständiges Mädchen . . . und Sie haben eine Taube zertreten . . ."

,,O, Sie wissen . . ." keuchte Bert taumelnd.

Menette rannte vor Berts Lemurenzügen ins Nebenzimmer.

Es blieb für Berts Ohr unentschieden, ob das Geschrei, das sie dabei ausstieß, höheres Gelächter war oder höchste Angst.

Eric, der augenblicklich das Beste befürchtete, stolzierte herein, beiweitem noch mäßiger bekleidet als Bert. ,,Du hast dich an ihr vergriffen?" fragte er mühsam.

Bert stotterte: ,,Ich . . . kam eben . . . erst ins Zimmer . . . deshalb . . ."

Eric ließ den zum Schlag ausgeholten nassen Fetzen sinken. ,,Wo ist Menette?"

Plötzlich stand Ellie auf der Schwelle.

Bert nahm stöhnend seine Schläfen in die Hände, so daß das fallende Handtuch seine nackte Zottigkeit entblößte.

Eric preßte seinen nassen Fetzen gegen den Unterleib.

Ellie stolperte, vor Lachen schluchzend, an die Wand, wobei sie ihren Rock sich heruntertrat und, in ihn sich verwickelnd, zu Boden sank.

Bert und Eric stürzten sich auf sie.

Aber Menette, die selbstverständlich gehorcht hatte, rannte herzu und fistelte: ,,Weg, Ihr Rowdys, weg! . . . Komm, Ellie!" Und sie umhalste sie zärtlich.

Ellie, deren Füße sich zusehends mehr verwickelten, klammerte sich an Menettes Bluse, die, da Eric und Bert mitzerrten, knatternd zerschliß.

Plötzlich lagen alle vier auf dem Boden, dérangierten sich, soweit dies noch möglich war, gegenseitig immer mehr, schrien und lachten und wurden schließlich dermaßen erregt, daß sie, immer deutlicher, zu raufen begannen.

Infolgedessen fiel ein Büchergestell, das dem vereinten Ansturm nicht länger standzuhalten vermochte, die Wand entlang um, den elektrischen Kontakt ausschaltend.

Es wurde stockfinster.

Eric und Bert verstummten instinktiv und ertappten sich die Gewünschte.

Menette und Ellie zeterten noch ein wenig, dann gaben sie nach . . .

Nach einer Viertelstunde verkrochen sich die Herren zartsinnig.

Als sie, gentlemanlike gekleidet, wieder erschienen, fanden sie die beiden Damen in einer Stimmung vor, die zwischen Verlegenheit und Unwillen schwankte.

,,Sie arbeiten jetzt in einem Geschäft in Brooklyn?" begann Eric höflich.

,,Ich?" Ellies Mund verzog sich trübe. ,,Nein."

Bert, der sicher war, Ellie in den Fingern gehabt zu haben, war das bereits völlig gleichgültig. Dennoch erheiterte es ihn, zu fragen: ,,Eric, hast du keine Zigarettenschachtel? Für Ellie?"

,,Weshalb?"

,,Damit sie ihre Prügelnarben verschminken kann."

Eric schmatzte gelangweilt. ,,Ein Gebirgssee ist ein furchtbares Unglück und du bist – eine Katastrophe."

,,Trottel!" sagte Ellie leise.

,,O heaven!" rief plötzlich Menette, die aus irgendeinem Grunde glaubte, es wäre nicht Eric, sondern Bert gewesen, welcher . . .

Eric fixierte sie augenblicklich, dann Ellie und wurde gleichfalls unsicher. ,,Bert," flüsterte er, ,,bist du sicher, daß es Ellie war, welche . . ."

Bert, der sofort seine Sicherheit verlor, lächelte albern: ,,Ganz genau weiß ich es nicht, welche . . ."

Eric pendelte sich hinter Menette: ,,Er ist nicht sicher."

,,Ich schätze das nicht," belferte Menette.

,,Ich auch nicht!" donnerte Eric.

Bert brüllte: ,,Erstens ist mir das durchaus unwichtig und zweitens habe ich jetzt Hunger."

,,Ellie!" seufzte Menette, ,,weißt du genau, welcher . . ."

,,Das ist es ja eben," visperte Ellie, ,,ich weiß es nicht genau."

Nach zwei Minuten war Eric allein.

Zuerst war Bert vergnügt, dann Ellie wütend und schließlich Menette schimpfend davongegangen. Es war eine unhaltbare Konstellation.

Der Lebenskünstler

Schülle war verzweifelt. Er war überaus in seine neueste Freundin Sima verliebt, diese jedoch verhielt sich durchaus verständnislos gegenüber seinen großzügigen Plänen, ohne deren Durchführung die für jedes andauernde Lieben erforderliche pekuniäre Basis nicht herzustellen war.

Was tun? Schülle war, wie gesagt, verzweifelt.

„Ein fescher Kerl, dieser Dr. Kandismayer, nicht?" versuchte Schülle während eines intensiven One-steps auf der Kullmannschen Diele äußerst vorsichtig zum x-ten Mal.

„Der? Phhh!" machte Sima gänzlich nebensächlich, wobei sie eines ihrer holden Knie Schülle zu bemerken gab. „Oder bist du vielleicht eifersüchtig? Aber, aber . . ."

Schülle, seinen linken Daumen in Simas rechtem Fäustchen, die restlichen Finger zart über dieses glückliche Arrangement gebettet, stöhnte ein wenig. ‚Ist sie so naiv oder derart raffiniert?' überlegte er trübselig. Dann gab er sich todesmutig dem Step hin.

„Also Schüllchen, du tanzst . . ." Und Sima gab ihm Weiteres zu bemerken und frottierte mit ihrem linken Unterarm seinen geliebten Nacken.

Schülles Verzweiflung wuchs. Es fiel ihm ein, daß er nur noch zehn Mark besaß und nicht die geringste Aussicht . . .

Während Sima ein wenig später in den Armen des Librettisten Steiner, ehem. Markör, einem Fox-Trot sich ergab, folgte der unbeschäftigte Schülle aufmerksam den Bewegungen des Dr. Kandismayer, der unentwegt seine einigermaßen geröteten Augen auf Sima gerichtet hielt und sich unablässig bemühte, die ihren auf sich zu ziehen, sei es durch wie zufällige Geräusche mit einem Tellerchen, sei es durch geradezu gewalttätiges Hin- und Herwerfen seiner Gliedmaßen, vermutlich um seine leidenschaftliche Erregung deutlich zu dokumentieren.

Und ganz plötzlich faßte Schülle einen jener Entschlüsse, die ihm schon so oft Erfolg und nebenbei auch Zerstreuung gebracht hatten. Er beschloß nämlich, unter Benützung seiner stattlichen Kenntnis des weiblichen Herzens, seine Pläne dadurch flott zu bekommen, daß er den Eifersüchtigen spielte, um Sima vorerst zu reizen, ihn zu betrügen.

Barsch trat er auf sie zu, drängte sie unsanft von dem eben sehr lieb plaudernden Librettisten weg und zischte: ,,Wenn du dich noch einmal unterstehst, mit diesem Dr. Kandismayer zu kokettieren, dann . . . Das ist denn doch . . ."

,,Was denn! Du bist wohl ein bißchen auf heißem Heu gelegen, mein Freund? Oder hast du so viel, daß du dir einen Rausch gekauft hast, he?" Simas Körper war eine einzige in Drehung begriffene Ironie.

Schülle mußte sich sehr beherrschen, um hinzufügen zu können: ,,Maul halten! Wir gehen! Verstanden!"

Sima flizte ihm einen unendlich kurzen und kleinen Blick zu und ging. Aber geradewegs auf den Dr. Kandismayer zu, mit dem sie sofort eine überaus angeregte Konversation begann.

Schülle verschwand tief erfreut und begab sich quer über die Straße in ein kleines Café, um daselbst nach einer halben Stunde zu telephonieren. Und zwar Herrn Dr. Kandismayer, der denn auch nach zehn Minuten endlich am Apparat erschien.

,,Hier Hans Vogel. Wenn Sie das Fräulein Sima, in das Sie sehr wahrscheinlicher Weise verliebt sind, haben wollen, wenden Sie sich bitte vertrauensvoll an mich."

,,Was soll ich?" fragte Dr. Kandismayer aufs äußerste betroffen, obwohl er jedes Wort verstanden hatte.

Schülle wiederholte genau dieselben Worte und fügte langsamer hinzu: ,,Ich erwarte Sie eine halbe Stunde lang im Café gegenüber. Nur für einige Minuten. Sie werden es nicht zu bereuen haben."

Dr. Kandismayer, mutig und vor allem sehr neugierig geworden, eilte alsbald in das gegenüber befindliche Café und setzte sich wartend in eine Ecke.

Schülle nahm plötzlich von hinten herum wortlos neben ihm Platz, ließ sich durch eine Kopfbewegung, die den sehr Geübten verriet, seinen Wein nachbringen und begann hierauf ruhig und sachlich folgendermaßen: ,,Die Dame hat einen ganz maßlos eifersüchtigen Freund. Ich kann Ihnen, wenn Sie diese Bekanntschaft noch drei Tage fortsetzen, das Schlimmste von seiten dieses Trottels prophezeien."

,,So," sagte Dr. Kandismayer tunlichst trocken, war aber doch ein wenig beunruhigt. ,,Na, das wird nicht so schlimm sein. Aber ich begreife nicht, was *Sie* mit dieser Angelegenheit . . ."

,,Klar wie der Tag. Ich stehe seit Jahren dick in diesem Betrieb. Und habe die dümmsten Sachen mit angesehen. Ein bißchen

Lebenskunst und alles geht seinen richtigen Weg und ist für alle Beteiligten nur ein Quell des Vergnügens." Schülle hielt es für angezeigt, ein wenig innezuhalten.

,,Nun ja." Dr. Kandismayer versuchte, seinem Mißmut einzureden, bereits orientiert zu sein. ,,Sie wollen vermutlich ein Geschäft machen, nicht wahr?"

,,Aber nicht so einfach, wie es auf den ersten Blick erscheinen mag. Sie müssen sehr viel von Eifersucht reden, sich über diese blödsinnige Eigenschaft in allen möglichen und unmöglichen Versionen lustig machen und den gänzlich Eifersuchtslosen posieren. Damit heben Sie bei Sima ihren Freund psychologisch aus."

,,Psychologisch aus?" Dr. Kandismayer lachte hell auf.

,,Glauben Sie mir!" Schülle mißverstand dieses Lachen absichtlich. ,,Auch diese Leute sind nicht ganz unkompliziert. Ich empfehle Ihnen folgende Motivation, die sehr leicht zu variieren ist: ,Wenn mich eine Frau liebt, so habe ich keinen Grund zur Eifersucht; und liebt sie mich nicht, erst recht nicht.' Vorzüglich, nicht? Und was Ihre Eifersuchtslosigkeit betrifft, so rate ich Ihnen zu folgender Haltung. Wenn Madame mit einem andern tanzt, gehen Sie an dem Paar vorbei, natürlich nachlässig rauchend, und rufen möglichst leicht aus: ,Kinder, nehmt Euch senkrechter!' oder: ,Sima, was bist du heute für ne famos festgehaltene Erscheinung!' oder ganz einfach: ,Hört mal, wenn Ihr fertig seid, putzt Euch erst ab!' Und so. Das macht den besten Eindruck." Schülle trank flüchtig. ,,Und was Schülle betrifft, diesen Trottel, ihren Freund, so werde ich ihn schon zu okkupieren wissen, natürlich gegen Dekkung meiner dabei stattfindenden Barauslagen Ihrerseits."

Dr. Kandismayer war höchlichst amüsiert. Und nach etwa einer Viertelstunde war er derart amüsiert, daß er fast auf Sima vergessen hätte.

Schülle war es, der ihn an sie erinnern mußte.

Dr. Kandismayer bezahlte den Wein Schülles und reichte ihm unter dem Tisch einen Zwanzigmarkschein. Man war übereingekommen, sich allabendlich auf demselben Plätzchen zur selben Stunde zu treffen, um über die Sachlage zu berichten und das psychologische Vorgehen zu besprechen.

Schülle spielte von Stund an Sima gegenüber den sinnlos Eifersüchtigen und äußerte mit scharfem Vorbedacht Dinge, die er den Dr. Kandismayer noch am selben Abend vor Sima geistreich widerlegen ließ. Dieser war über diesen Kniff zwar orientiert, aber mit der Version, daß er, nämlich Hans Vogel, als der gute Freund Schülles genau über alles auf dem Laufenden sei, was dieser Sima gegenüber zu äußern beliebte.

Mehr noch als Sima selber reizte den Dr. Kandismayer dieses ungewöhnliche Spiel und als er Sima längst schon besaß, hörte er nicht auf, in immer neuen, immer geistreicheren Triumphen sich zu ergehen. Diese kamen ihn freilich sehr teuer zu stehen, da einerseits Schülle allabendlich im Café mit virtuoser Geschicklichkeit sich honoriert zu machen verstand, andererseits der selbstverständlich auch in Sima schlummernde Trieb, den Nebenmenschen auszubeuten, von Schülle dadurch von Tag zu Tag mehr geweckt wurde, daß er sich ihren Verhöhnungen gegenüber über ihre Dummheit lustig machte, von einem schwerreichen Kerl nur Liebesbeteuerungen einzustecken und nichts Gehaltvolleres.

Leider (oder glücklicherweise) ging Sima, wie alle Neulinge, eines Tages ein wenig zu weit. Sie stahl nämlich dem Dr. Kandismayer einen Betrag von 366 Mark, worauf dieser, von der Gestalt Simas ohnehin bereits gelangweilt, sich kurzerhand nicht mehr blicken ließ.

Schülles Triumph war gekommen.

Er erschien plötzlich wieder in der Kullmannschen Diele, wo er seit der Affaire Kandismayer unsichtbar geblieben war, setzte sich, was Sima über alles erstaunte, an ihren Tisch und begann langsam und vorsichtig ein Gespräch, in dessen Verlauf er nicht nur all das, womit Dr. Kandismayer seine Äußerungen ad absurdum geführt hatte, nun seinerseits sehr geistreich aushob, sondern vielmehr auch durch geschickt gewählte kleine Beweise zu verstehen gab, daß die Auffassung Simas, sie habe ihn ohne sein Vorwissen hintergangen, eine irrige sei.

„Du hast mir nachspioniert, du Schwein!" Simas Zorn war ehrlich.

„Keineswegs. Aber es genügt, ein wenig Lebenskünstler zu sein."

Sima hatte plötzlich die von Schülle vorhergesehene heftige Besorgnis, ihn zu verlieren: „Schüllchen, vergib mir nur dieses eine Mal. Ich schwöre dir . . . du wirst sehen . . ."

Schülle wußte, daß die jüngsten Einkünfte ihren Ehrgeiz geweckt hatten und das opulente Leben ihren Appetit. Auf diesen spekulierend, vermehrte er jenen: „Hör mal! Ich habe gar nichts dagegen, daß du einem reichen Trottel Beträge ablistest. Aber ich muß es wissen. Ich muß alles wissen. Sonst kannst du unter Umständen schwer hineinfallen.“ Er hielt es für vorteilhafter, das Restliche später zu besprechen.

Die für jedes andauernde Lieben unbedingt erforderliche pekuniäre Basis war hergestellt. Und Sima fast verliebter noch als ihr Schüllchen.

Graf Ramuz Okenpunkolls Glück

Duchosal, ein völlig hemmungsloser Herr, schlug eines Nachmittags, einer neuen Unternehmung dringend bedürftig, im Café Viennois ganz willkürlich den ‚de Grandjean' auf, das Pariser Millionärs-Verzeichnis. Hierauf wies er mit dem Zeigefinger geschlossenen Auges auf eine Zeile, öffnete sodann die Augen und las: „Okenpunkoll, Ramuz, Comte, 6 Boulevard des Invalides, 11 millions."

Nachdem er sich unter dem Namen eines Herrn de Lourigan der Anwesenheit des Grafen telephonisch versichert hatte, fuhr er im Taxi vor, gab einem Diener in dunkelvioletter Livrée seine Karte, auf der nur das Wort ‚Duchosal' zu lesen war, und wurde, was ihn sogar ein wenig überraschte, vorgelassen, ohne daß er seinen wohl präparierten Vorwand hätte präsentieren müssen.

Bei seinem Eintritt erhob sich Graf Okenpunkoll kurz und gemessen von seinem Schreibtisch, wies mit der Hand nervös auf ein Fauteuil und setzte sich schnell: „Sie wünschen, mein Herr?"

„Eine längere theoretische Unterhaltung."

„Theoretisch? Ich bin pressiert. Worum handelt es sich kurz?"

„Um eine Erkenntnis, die Gold wert ist."

„Die ich Ihnen vermutlich abkaufen soll."

„Um eine Million Francs."

Graf Okenpunkoll stutzte fast unmerklich, überlegte ein paar Sekunden und sagte hierauf sachlich: „Einverstanden." Worauf er ein Scheckbuch, das der weidlich perplexierte Duchosal an der Farbe als vom Crédit Lyonnais ausgestellt erkannte, aus der Tasche zog und vier Schecks ausfüllte. Währenddessen fragte er: „Wieviel ist Ihrer Meinung nach Ihre Erkenntnis tatsächlich wert?"

„Un-schätz-bar!" Duchosal hatte sich bereits wieder gefaßt.

„Voilà. Hier haben Sie viermal 250 000 Francs. Und nun beginnen Sie bitte!"

Duchosal las die Schecks gewissenhaft, steckte sie behutsam ein und bat um Tee und Zigaretten.

Der Graf klingelte.

Duchosal rückte sein Fauteuil in den Schatten . . .

Als er rauchte, begann er nachlässig: „Sie haben sicherlich schon einmal darüber nachgedacht, Herr Graf, wozu Sie eigentlich auf der Welt sind."

,,Nein. Dazu fehlt mir das erforderliche Maß von Borniertheit."
,,Vorzüglich. Sie wissen es also nicht."
,,Wie sollte ich!"
Duchosal rauchte schweigend.
,,Ich bin ganz Ohr," sagte der Graf höflich.
Duchosal begann abermals: ,,Sie kennen sich demnach nicht aus."
,,Wie bitte?"
,,Ich meine: Sie besitzen nicht die schmächtigste Überzeugung?"
,,Nein. Überzeugungen sind gelungene Überredungen."
,,Nicht die spärlichste Gesinnung?"
,,Gesinnungen sind durch Vorteile verhärtete Überzeugungen."
,,Und nicht einen Hauch von Glauben?"
,,Ich bin weder ein Geschäftsmann noch ein Staatenlenker."
,,Pardon . . ."
Duchosal rauchte schweigend.
,,Ich muß Ihnen leider wiederholen, daß ich sehr pressiert bin. Wollen Sie sich bitte kurz fassen!" Der Graf spielte nervös mit einem beinernen Briefaufschlitzer.
,,Nun gut," begann Duchosal wiederum. ,,Da somit das Netz von Normen, nach denen Sie Ihre Existenz nach außen und vielleicht auch nach innen hin führen, durchaus willkürlich ist, sind Sie mit vollem Bewußtsein – ein Hochstapler, ein Desperado."
,,Zugegeben."
,,Das ist jedoch bloß meine Prämisse."
,,Bitte Ihren Schluß! Und bitte schnell!"
,,Mein Schluß ist . . . Und das ist es, was ich meine Erkenntnis heiße . . . Nun . . . der Mensch hat die Fähigkeit, welche er bisher freilich noch nicht in sich entdeckt hatte . . . die Fähigkeit . . . zu . . ." Duchosal erhob sich plötzlich feierlich.
Auch Graf Okenpunkoll stand auf, doch ein wenig erregt.
,,Gestatten Sie, Herr Graf," sagte Duchosal nun in gänzlich verändertem Ton, ,,daß ich, bevor ich Ihnen meine Erkenntnis ausliefere, dem Crédit Lyonnais telephoniere?"
Der Graf erblaßte. ,,Sie wollen sich vergewissern, ob mein Guthaben . . ."
,,So ist es."
Der Graf setzte sich müde. ,,Ich bin seit gestern ohne jeden Sou . . . Mein ganzes Vermögen ist verloren."
Duchosal zuckte ein wenig zusammen. Dann aber sagte er über-

raschend ruhig: „Sie wollten mich also prellen. Ich wundere mich nur, daß mein Mißtrauen nicht früher einsetzte. Nun, ich habe nichts verloren als eine halbe Stunde und kann nicht umhin, Ihnen mein Kompliment zu machen. Sie haben wie ein perfekter Desperado gehandelt, wie der regulärste Hochstapler."

„Sie etwa nicht?" Der Graf begann zu lächeln. „Sie könnten mir, der ich Ihnen vielleicht schon morgen im Café Clarinette begegnen kann, wenigstens mitteilen, worin Ihr beabsichtigter Truc eigentlich bestand."

Duchosal wandte sich ein wenig ab, um sein allzu lebhaft werdendes Mienenspiel zu verbergen: er dachte bereits an etwas ganz Neues.

„Herr Graf," Duchosal setzte sich wieder, „ich bin angesichts der gänzlich veränderten Sachlage gerne dazu bereit; ja sogar, Ihnen in Ihrer schwierigen Situation behilflich zu sein . . . Nun, ich hatte den Plan, Sie zu narkotisieren, Ihr Scheckbuch zu nehmen und in Ihrem Namen dem Crédit Lyonnais telephonisch mitzuteilen, daß die Schecks, die in einer halben Stunde vorgewiesen würden, anstandslos zu honorieren seien. Der Umstand, daß Sie mir die verlangte Summe so ohne weiteres einhändigten, brachte mich ein wenig aus dem Konzept. Daher der Tee. Während ich mit Ihnen sprach, dachte ich unausgesetzt darüber nach, was für eine wertvolle Erkenntnis ich Ihnen servieren könnte, um in dem rechtmäßigen Besitz des Geldes zu bleiben. Eine Albernheit selbstverständlich. Vor allem in Anbetracht Ihrer – Intelligenz, Herr Graf. Ich machte daher den schüchternen Versuch, Sie durch die Unverfrorenheit meiner Fragen so zu verblüffen, daß Sie mir . . . Eine weitere, aber begreifliche Albernheit . . . die Million schenken würden. Aus Spleen etwa. Der Verdacht, Sie könnten zahlungsunfähig sein, kam mir sonderbarer Weise erst im letzten Augenblick. In jenem Augenblick, wo ich mich hätte découvrieren und Ihnen hätte sagen müssen, daß ich keine Erkenntnis, die Gold wert ist, besitze. Voilà."

„Ich danke Ihnen." Graf Okenpunkoll lächelte matt. „Sie sagten, Sie wollten mir behilflich sein. Das ist unnötig. Ich wechsle den Kontinent."

„Um zu farmen?"

„Ja. Etwas Ähnliches."

„Pfui!"

Der Graf erhob sich.

„Haben Sie Passiva, Herr Graf?"
„Achthunderttausend."
„Kriminell?"
„Nicht direkt . . ."
„Also indirekt . . . Ich schlage Ihnen vor, mich ins Vertrauen zu ziehen. Ich könnte Ihnen vielleicht einen wertvollen Fingerzeig geben, einen ausgezeichneten Plan liefern oder . . ."
Nach zwei Stunden verließ Duchosal sehr zufrieden das Hotel des Grafen Ramuz Okenpunkoll und begab sich am Abend, bereits in des Grafen Angelegenheiten, nach London.

Unklarer Scherz

Mazalon wechselte mit einer dicken roten Kokotte ein qualliges Lächeln, als Rochat sich an den Tisch schob. Dann senkte er den Kopf in den Nacken, so daß sein steifer Hut nachglitt.

,,Jetzt hab ich's mal erlebt, wie dir die Stirne ins Genick gerutscht ist. So hab ich mir's immer vorgestellt." Lisa ließ mißvergnügt die sehr vollen Brauen spielen, da Mazalon höhnisch die Mundwinkel bewegte.

,,Er markiert sein Niveau, der Esel!" Dann senkte sie sich Rochat zu, sah aber geschickt an ihm vorbei. ,,Ich verstehe das nicht: es gibt doch Ansichtskarten mit Fliedergeruch und Klappkulisse und ein Bijou wie dieses Bouiboui kann man nicht einmal an die Mama schicken."

Mazalon federte nach vorn. ,,Lisaken, du hast nen neuen Stalljungen! Kunstdünger, was? Bring doch den Hering mal mit! Oder mußt du dir erst ne Hose für ihn schenken lassen? . . . Na, äußern Sie sich, meine Gnädigste!" Er kniff, von seinen Späßen erheitert, Lisas Schenkel.

,,Zut alors!" Lisa riß die Hand Mazalons empor, warf sie platschend auf die Tischplatte und packte, ärgerlich darüber, einen Ring an ihr. ,,Monsieur Rochat, betrachten Sie diesen apfelgrünen Chrysopras. Er hat nur im Dunkeln Kraft. Dürfte deshalb schuld daran sein, daß sein Besitzer das Tageslicht meidet." Sie hatte recht flott sprechen wollen; unversehens aber war es schleppend geworden und matt.

,,Du schiebst mich so in den Vordergrund. Was hast du hinter mir vor?" Mazalons Zungenspitze wurde, zwischen den geöffneten Zähnen einherschnellend, sichtbar. ,,Hör mal . . ." Er ergriff Lisas Arm.

,,Laß das doch!" Sie stieß seine Hand heftiger fort, als sie beabsichtigt hatte, und errötete deshalb.

,,Na, na, na, na . . . Seit wann denn?"

,,Ihr Apéritif wird kalt."

,,Hm, du wirst warm und – rot."

,,Monsieur Jakob Mazalon, beschäftigen Sie sich bitte vorwiegend mit sich selber."

,,Piii!" Mazalons Lippen machten ein obszönes Geräusch.

,,O was für ein Süßer!" Lisas schön umschattete Augen rollten wie hilfesuchend.

Rochat, der die sonderbare Eindringlichkeit der Stimme derer, die lange geschwiegen haben, seit langem verwertete, äußerte wohlüberlegt: ,,Sie sind nur – unglücklich, liebe Lisa."

Lisa sah erregt und eitel an sich nieder.

Mazalon soff grinsend. Zwischen die einzelnen Schlucke schwappte ein undeutliches Lachen. ,,Hör mal, mein Freund . . ." Er gluckste dumpf. ,,Diese Manier, Plötzlichkeiten mit Perspektive zu verzapfen, finde ich weder originell noch amüsant. Nicht mal praktisch." Er bewegte den Kopf spiralenähnlich, als hätte er eine lange tiefsinnige Unterredung zu seinen Gunsten erledigt.

Rochat, den Mazalons unzähmbarer Machttrieb stets amüsierte, lächelte nachsichtig.

Mazalon übersah gewohnheitsmäßig Rochats Augen: ,,Also glatte Note, was? Aber im übrigen mach das an, wo du gerade willst. Bei mir nicht. Ich laß mich nicht mit Bindfaden anknoten." Er tat, als wäre Rochat ihm nun gänzlich unwichtig geworden.

Miteins verursachte Mazalons Kopf Lisa solchen Widerwillen, daß sie bereits wild drauflosschimpfen wollte.

,,Zigarette gefällig?" Mazalon hob nachlässig das Päckchen.

Unsicher lächelnd nahm sie eine. Und zuckte, wütend über sich, zusammen.

,,Tiens, tu as un bouton de chemise au doigt," sagte eine fette Frauenstimme am Nebentisch.

,,Hein? Bouton de chemise? O la la, ça c'est un kacholong," schrillte ein überhelles Stimmchen.

,,Quoi? Kacholong? Mais kacholong, c'est une pomade!"

Die andere lachte knallerbsenhaft.

,,Unklarer Scherz!" brummte Mazalon.

,,Wieso?" Rochat fragte, um ihm Gelegenheit zu geben, sein Verhalten zu ändern; allerdings ohne zu wissen, daß er das Gespräch am Nebentisch gar nicht gehört hatte.

,,Wieso?" wiederholte Mazalon in beabsichtigtem Falsett und versuchte, ein hämisch abweisendes Gesicht zu machen.

,,Sei nicht so blöd frech!" Lisa gelang das Drohende jedoch nur teilweise und schwankend.

,,Wieso?" Diese abermalige eigensinnige Wiederholung hetzte Mazalon in seine ganze Bosheit hinein. ,,Da hocken zwei ausgewachsene Menschen beiderlei Geschlechts neben einander und nehmen sich weißgott wie wichtig, dieweil . . . dieweil sie . . .“

„Na, Joe, kauf mir nen Schwarzen, ja?“ Die dicke rote Kokotte war herangerudert und setzte sich mit imponierender Langsamkeit neben Mazalon, die vollberingte Schwartenfaust auf seinem Nakken. Dabei sah sie Rochat heftig in die Augen.

„Drahtlos, Frau Herzogin!“ Mazalon ärgerte sich, unterbrochen worden zu sein, und über Rochats Anziehungskraft.

„Ach, Mensch, du hast gar keinen Ehrgeiz! . . . Schon gut, ich glaubs ja doch nicht! . . . Ich mit deinem Kopf wär schon Minister!“

„Nicht poetisch werden, Mary. Doch, laßt uns von ernsten Dingen reden. Keine Blitzungen vorgefallen?“

„Tröste dich. Dich brauch ich mir noch nicht anzuschaffen.“

„Also Mary, du bist direkt begabt. Gott strafe deinen Fal, dieses Ferkel!“

„Sssst, mon cher . . .“ Marys Äuglein flizten, nach Fal forschend, durch das Lokal und blieben schließlich besorgt auf Rochat haften.

„Na, sende mir mal per Handgriff hundert Sous,“ probierte Mazalon, scheinbar scherzhaft.

„Du hast wohl in Bienenhonig gebadet, Joe, was? Zieht nicht, alter Gauner!“ Mary schaukelte ihre komplizierte Coiffure und lachte meckernd.

Mit einem polternden Ruck riß Mazalon den Stuhl neben sie und packte ihren fleischigen nackten Arm. „Ecoute . . .“ Er flüsterte ihr ins Ohr, während sie hochmütig die Äuglein zur Decke schnellen ließ, wobei sie sich vergewisserte, ob Rochat es auch bemerke.

Lisa, die so aufmerksam zugehört hatte, daß sie zornig erschien, fragte jetzt leise: „Warum glauben Sie eigentlich, Rochat, daß ich unglücklich bin?“

Rochat verschoß zielbewußt seinen dunkelsten Blick.

„Ich weiß es aber wirklich nicht.“ Lisas Oberlippe hob sich begehrlich.

Rochat schwieg düster.

Lisas Hände glitten auf ihre Schenkel. In ihren Augen richtete sich eine wunderliche Lust auf. Sie roch ihren Leib und ließ sich, sekundenlang von sich benommen, von leichten Schauern überrinnen. Dann riß sie erregt ihre Jacke auf und zerrte die Arme aus den längst nicht mehr gefütterten Ärmeln.

,,Was ist denn los? Willst du heiraten?" Mazalon schnalzte hell mit der Zunge.

Mary kniff wissend ein Auge zu.

Lisa setzte jäh die Hand auf den Tisch. ,,Du, Mazalon, gib acht auf deine Braut . . . Madame wird sich mit ihrem Auge bald was fangen!" Ihre Lippen und Augen verschwanden.

Mazalon witterte sofort die Gefahr und drückte Mary einen schmatzenden Kuß neben die Lippen. Als er, sehr schmerzhaft gezwickt, zurückfuhr, stieß sein spitzer Elbogen kurz und fest auf den Busen Lisas, die gell aufschrie.

Da außer Rochat niemand den Stoß gesehen hatte, starrten alle auf Lisa und von den Tischen starrte man auf die Starrenden.

Mehrere standen auf. Kellner kamen.

Mary holte, die Handteller um die Hüften gepreßt, mit geübtem Ruck den Busen aus dem Korsett und erhob sich mit herausfordernder Langsamkeit. ,,Je n'aime pas des chichis comme ça!" Mit einer grandios verletzend wirkenden Geste schmiß sie die Zigarette weg und tänzelte fort, das Haupt kokett schief geneigt.

,,Blöde Bande!" Mazalon rückte den Hut tiefer.

,,Wer?" schrie Lisa.

Fast gleichzeitig krachte es. Jemand hatte eine aufgeblasene Tüte zerschlagen.

Das brachte Lisa plötzlich in maßlose Wut. Sie warf die Hände aufs Gesicht und brüllte wie unsinnig auf. Dann sprang sie so heftig empor, daß sämtliche Gläser umfielen, und schleuderte ihre Fäuste auf Mazalon, ohne ihn zu erreichen.

Endlich besann sie sich. Die weit vorgestreckten Arme fielen auf ihre Knie, sie selbst sank kraftlos zurück.

Das ganze Lokal johlte.

Mary wieherte.

Rochat beobachtete höchst aufmerksam.

Mit einem Mal zerging Lisas Gesicht gleichsam. Sie stand langsam auf, faßte zitternd ihre Hände, zerrte an ihnen und streckte sämtlichen Anwesenden, besonders intensiv aber Mazalon und der dicken roten Kokotte, die Zunge heraus. Hierauf schritt sie erhobenen Kopfes hinaus auf die Straße . . .

,,Unklarer Scherz!" feixte Mazalon höhnisch.

,,Du irrst." Rochat schüttelte vergnügt die Haare und lief Lisa nach, überzeugt von seinem bevorstehenden Erfolg.

Lola rangiert

In einem Hotel, halb Wolkenkratzer halb Kutscherkneipe, schnellte Jeß gegen vier Uhr morgens aus holdestem Schlaf empor: es pochte gewaltig an seine Tür.

Nachtdepesche.

Jeß las wackelnd: ‚Moses gebürstet morgen Stallung zehn Hausvogtei Mannie', zerknüllte den Wisch, schmiß ihn salbungsvoll an die Wand und hüpfte brummend ins Bett zurück: „Ausgerechnet schon um zehn. Blödsinn . . ."

Er war aber doch pünktlich.

Eine Viertelstunde später trat eine sehr grünliche Visage auf ihn zu, Mannie. „Mensch, wie siehste aus? . . . Na, is jut!"

Jeß trug frische Wäsche, gebügelte Hosen, war sauber rasiert, parfümiert und hatte sein ganzes Ensemble durch leise arrangierte Nachlässigkeiten geradezu hofballreif komponiert.

„Nun?" knödelte Jeß deutlichen Hoffens.

„Hier haste!" Mannie steckte ihm etwas in die Tasche. „Und nu aba, als wenn de Jas in die Hosen hättst, vaschteste?" Und schon dehnte er sich um die Ecke, die Hände tief in den Hosentaschen.

Unterm nächsten Haustor griff Jeß hastig in die Tasche: „Zwanzig Emm! Nich mehr? Alter Schnorrer!" und entfernte sich mit geknickter Oberlippe.

In der Friedrichstraße wäre er beinahe Ursache einer schweren Verkehrsstörung geworden. Lola war ihm begegnet und derart von seinem Äußern hingerissen, daß sie eine Ode auf ihn kiekste.

Jeß entzog sich mit Lola den Huldigungen der Menge durch Benützung des Café Keck.

Hier gab Lola ihm zu trinken, tröstete Fritz, den Kellner, der sonst und überhaupt allerhand für sie übrig hatte, und nahm den um ein Erkleckliches heiterer gewordenen Jeß in das Nollendorf-Kasino mit: „Da is seit jestern abends noch immer nich heute."

Lola landete ihn an einem weinbegossenen und in jeder Hinsicht schwer besetzten Tisch, allwo alsbald auf Empfehlung Lolas hin eine ältere Dame sich innig mit ihm beschäftigte und ihn nach einer Stunde in ihre Wohnung mitnahm . . .

Daselbst klingelte Lola nach einiger Zeit an.

Worauf die ältere Dame ein Auto kommen ließ und Jeß flehentlich bat, ein kleines halbes Stündchen zu warten.

Inzwischen erschien Lola, mußte aber ihren lieblichen Plan aufgeben, da Jeß transportunfähig war und überhaupt in einem Zustand . . .

Lola war bereits wütend unter der Tür, als Jeß ihr matt zurief, sie möchte doch sofort an Mannie Hobster Café Kaminke, Moltkestraße 18, eine Stadtdepesche aufgeben. Hobster solle nicht auf ihn warten, er sei verhindert . . .

Lola verlangte Geld, empfing zwanzig Mark und tramte, mißtrauisch und nicht faul, ins Café Kaminke.

Augenblicks war sie von Mannies Kopfhaltung begeistert und berichtete ihm alles.

Mannie holte sich unterdessen finster eine Zigarette vom linken Ohr, zuckte seine äußerst schadhafte Mütze kühner darauf und pfiff nachdenklich über den Tisch hinweg.

Lola schwieg ehrerbietig und hing träumerisch an seinen Zügen.

„Is jut!" ließ Mannie sich endlich vernehmen. „Du jehst mit, vaschteste! Mutter zahlen!"

Den Zwanzigmarkschein, den Mutter Kaminke von Lola erhielt, nahm Mannie plötzlich mit einem schnellen Griff an sich und hielt ihn gegen das Fenster: „Det hab ik jewußt. Det is meiner! *Mir* jibste raus!"

Auf der Straße lehnte sich Mannie sehr südlich an das Haus und senkte den Kopf unwahrscheinlich tief: „Jetzt kutschierste Volldampf zu Moses, Hallesches Tor 6, Moses Butterig Antiquitäten und . . ." Er nahm sich Lolas Handgelenk und beflüsterte sie mit dem Weiteren . . .

Während Lola Moses Butterig durch dick applizierte Zärtlichkeiten veranlaßte, die Ladentür abzuschließen und mit ihr in den Nebenraum sich zurückzuziehen, velozipedierte Mannie vor die Wohnung der älteren Dame.

Im Gesindeeingang versorgte er sein Fahrrad und wünschte, als ihm die Köchin öffnete, die Elemente im Abort zu kontrollieren.

Nachdem er dieses, sich anderweitig erfolgreich betätigend, markiert hatte, schlich er unbemerkt in die vorderen Räume, füllte den mitgebrachten Sack mit dem Wertvollsten und versteckte ihn im Vorraum.

Hierauf begab er sich in das grabesstille Schlafzimmer, weckte Jeß und zwang ihn durch die entsetzt gemachte Mitteilung, Moses sei auf den Schwindel gekommen und habe die Polizei verständigt, sich sofort anzukleiden und zu verschwinden.

Kaum war Jeß die Treppe hinunter, als die Dame des Hauses keuchend anlangte. Hinter einer Portière verborgen, fing Mannie sie kunstgerecht ab, knebelte sie, legte sie, nach kurzem Kampf, ins Bett, an das er sie festband, und telephonierte Moses Butterig im Namen der Polizei, die vermißten Wertgegenstände hätten sich in der Wohnung von Frau Anna Heißwamme, Landshuter Straße 33, vorgefunden und müßten sofort abgeholt werden.

Bald darauf hielt Mannie vor dem Laden Moses Butterigs, aus dem ihm ein zarter Frauenarm ein prall gefülltes Tischtuch reichte. Er schulterte es schwungvoll und raste davon, taumelnd unter der doppelten Last . . .

Abends klopfte Jeß, sehr veränderten Aussehens, an Mannies Klappe.

Augenblicklich verstummten gewisse, Jeß sehr bekannte Geräusche.

„Vafluchtǃ" machte Mannie.

„Mann, det jibt 'n Unjlückǃ" hauchte Lola, die Bettdecke über den Kopf ziehend.

„Laß jut sin. Der wird noch danke sajenǃ"

Mannie öffnete halbnackt.

Jeß besah sich schweigend das Interieur. Dann ließ er sich langsam auf einen klappernden Stuhl nieder.

„Du kannst von Jlück sajen," begann Mannie frech, „det sie dir noch nich jeklemmt haben."

Jeß fuhr auf.

„Halt die Fresse, Kafferǃ Wat biste nich zu Moses? Aba ik habe die Tüte schon jeölt. Moses kann nich mehr muh machen, sonst haut ihn seine Olle krumm, von wejen die Lola, vaschteste?"

Jeß schwieg verächtlich und zuckte wild die Brauen.

Lola nestelte in ihren arg mitgenommenen Haaren.

„Ik habe jar nich jewußt, dette so jut führen kannst, Lola." Jeß holte sich eine Zigarre aus dem Hut. „Wie ne Lokomotive rangschierste."

„Kafferǃ Ohne die Lola wärste längst jeklemmt."

„Ohne die Lola, is Obstǃ Bei Moses ham se jekratzt und bei die Heißwamme ham se ooch jekratzt."

„Wer: ham se, he?" Mannie ließ einen schweren Blick los.

„Wer?" höhnte Jeß unbekümmert weiter. „Is jutǃ Ihr zwee beede. Wat die Lola mit mir nich machen konnte, weil ik zu bedusselt war und so, det hat se mit dir jemacht, und wenn ik nich so bedusselt jewesen wäre, hätt ik mir ooch von dir nich so jlatt aus die Bude setzen lassen. Aba unten bloß man an die Luft, roch mir det allens schon obafaul, und ik bin umjekehrt und habe dir jesehn, wie de ans Fenster jetanzt bist mit die olle Heißwamme und wie de mits Rad abjewackelt bist, und denn habe ik ooch schon jehört, dette bei Moses vorjefahren bist, jawoll, det habe ik! Und nu jib mich mal wat zu trinken, Freundchen!"

„Laß jut sin!" Lola quirlte ihre Hand aus dem Bett hinüber auf die Jeßens. „Wärste jleich zu Moses, wär allens jut jewesen und häste mit die olle Anna nich so jesoffen und so wär ooch allens jut jewesen."

Jeß schmiß ihr die eigene Hand aufs Gesicht.

Mannie, der seine ohnedies spärliche Kleidung inzwischen komplettiert hatte, verschwand und kam nicht wieder.

Nach zehn Minuten eines prasselnden Gesprächs bespien sich Jeß und Lola, nach weiteren zehn Minuten küßten sie einander, und als Mannie, der unterdessen seinen endgültigen Abgang geordnet hatte, vorsichtig sich an die Tür schlich, um sich seiner Sache zu vergewissern, hörte er gewisse, ihm sehr bekannte Geräusche . . .

‚Gleich wird er danke sajen! Und morjen jibts de Hochzeitsreise ins Loch, vaschteste!' Mannie entfernte sich lautlos.

Peinliche Betriebsstörung

„Ist Lusi epileptisch?" Bovier saß plötzlich wie seit einer Stunde am Tisch. Er hatte traumhafte Übung darin. Es fand stets so rasch und geräuschlos statt, daß Rey immer wieder lächeln mußte.

„Nicht daß ich wüßte." Rey zuckte neugierig sein Pincenez herunter.

„Du exhibitionierst mit deiner Nase." Boviers haarige Hände wanderten weich über seine fettig glitzernde Glatze.

„Seit wann Komplimente?" Rey gähnte. „Aber bei Bedarf macht Lusi auch Epileptisches. Entre nous: wenn du von ihr Derartiges serviert bekommen hast, bieg diese klinischen Beziehungen ab. Das sind semitische Chichis. Oder kannst du mit dieser Dame bezahlen?"

„Ich halluziniere nicht einmal davon, geschweige . . ." entrüstete sich Bovier lax.

„Bov, du weißt, daß ich für strikte Aufrechterhaltung des guten Rufs bin. Dahinter läßt es sich doch beiweitem tüchtiger sein, pas?" dozierte Rey müde. „Auch Madame Merlén, die dir doch etwas zu sagen scheint, kann nicht begreifen, daß du mit diesem kleinen mosaischen Laster von Lusi so publik herumlotterst."

„Pah, ich auch nicht. Deshalb tue ich es vielleicht."

Rey schepperte vor Vergnügen. Dann schwippte er das Pincenez mit zwei geübten Griffen wieder in den Sattel.

„Voilà, Madame Merlén mit Lusi!" Bovier erstarrte gewissermaßen. „Da glaube, wer's trifft, noch an die Menschheit! . . . Ssssst! Komponier deine Visage, Rey!" Die Augen Boviers bemühten sich plötzlich, einen Löffel zu schlucken.

Aus dieser Beschäftigung stieß ihn jedoch schnell ein Stups Lusis, der er sofort, Rey wortlos seinen Kaffee anvertrauend, mit den Fingern schnippend nachstrammte.

Vor dem Café schoß Lusi an seinen Leib, drängte ihn ein paar Schritte von Madame Merlén ab und lächelte vorerst introduktiv. „Du gehst mit in die Maxime-Bar, fertig."

Bovier prustete seine Lieblingsfrage durch die platzenden Lippen: „Bist du krank?"

„Nicht daß ich wüßte."

Bovier stutzte: ‚Reys Redensart?' und probierte: „Du hast mit Rey geschlafen?"

„Schaf! . . . Da nimm! Zahl auch für Madame! Details später!"

Unterwegs stellte Bovier fünfzig Francs fest und beschloß deshalb, leicht entzückend zu sein.

Es gelang ihm besonders, da Madame Merlén, schön, doch von phantastischer Kuhhaftigkeit, bei jeder Gelegenheit die Pleureusen schaukelte, als bestürmten sie tausend Reflexionen. Dieser Kontrast erfrischte sein Herz; auch weil Lusi andauernd sprach, als foltere man sie. Dies schien ihm zu bestätigen, daß es sich um Ernstlicheres handle.

In der Bar steckte ihm Lusi, nachdem sie des Längeren das Kabinett benützt hatte, zwei Finger in die Westentasche.

Bovier betastete alsbald einen Zettel, den er in seine Kappe praktizierte und also las:

Sitze seit Tagen in Madames Busen. Heute bereits in diesem Labyrinth nebbich spazieren gegangen. Das Fettstück hat en masse Schulden. Ahnst du den Kitt, schwerstgedreht? Etwa Agent! Rendevuzze sie dir für morgen, abends fünf, ins Café de la Roseraie.

Bovier warf heftig ein Bein über und hieb mit dem Zeigefinger auf die Tischplatte, daß es pfitschte.

Später nickte er vag grinsend, als Lusi von einem abermaligen absichtsträchtigen Luftwechsel zurück war. Zufrieden leckte sie denn auch sofort die Unterlippe und rieb sie an den Schneidezähnen.

Irrtümlicher Weise. Denn Bovier, ein ganz Schlauer, hatte sich für *vier* Uhr bei Madame Merlén angesagt.

Als dann auf dem Rückweg Madame Merlén Lusi bat, noch ein Viertelstündchen bei ihr zu verbringen, überließ Bovier sie ihr deshalb besonders freudig; nachdem er übrigens Lusis flink geäußertem Wunsch, sie morgen mittags zwecks genauer Befädelung von Madame zu besuchen, die Erledigung für vier Uhr verhießen hatte, um vor der Busenfreundin sicher zu sein.

Da Bovier der Cocktails mehrere im Bauche glühten, vermochte er, als er Sibi begegnete, sich nicht zu widerstehen; auch nicht, als sie, die Situation scharf erfassend, selbstverständlich weil eine Freundin schwer krank darniederläge, ausgerechnet vierundzwanzig Francs benötigte . . .

Am nächsten Morgen erwachte Bovier, als es vom Turm der Montparnasse-Kirche zwei bloch.

Um zwei Uhr fünf bemerkte er stieren Blicks, daß seine Gesundheit einigermaßen gelitten hatte. Sekundenlang zitterte er vor Wut: Lusi!

Sofort klingelte er Sibi an, fand sie vor und steckte, sie orientierend, einige ‚cochons' und ‚salauds' blöde kichernd ein.

Um vier Uhr neigte er sich schmatzend auf Madame Merléns fettgepolstertes Pfötchen. Seine Verlegenheit machte ihn leider verführerischer denn je: um vier einhalb entkleidete sich Madame spontan, und Bovier, der naturgemäß in voller Dress geblieben war, vermochte sie nicht ganz zufrieden zu stellen.

Die Schuldenangelegenheit konnte daher nicht sehr hoffnungsvoll beredet und noch weniger spesendrall begonnen werden. Immerhin aber gelang es Bovier durch die Mitteilung, daß Lusi Tribade wäre, sie aus dem Busen Madames auszunisten.

Im besonderen sowohl wie im allgemeinen sehr enttäuscht, bewirtete Madame Merlén ihr neues Schoßkind nicht allzu opulent und überdies sogar zögernd, so daß gegen fünf Uhr Lusi, ziemlich erregt, am Telephon sich einfand.

Da Bovier feixend am linken Hörer hing, verleugnete ihn Madame Merlén so ungeübt, daß Komplikationen zu befürchten waren.

Bovier sah ihnen höhnischen Herzens entgegen und verließ triumphierend, wenn auch sehr langsam das ungastliche Haus.

Schon nach wenigen Schritten überfiel ihn von hinten Lusis dunkelgesoffenes Organ: „Hein, du Dreckkerl, wie war's?"

Bovier blieb erfreut stehen, ließ seine Rechte die Zigarette der Linken reichen und jene bestimmungs-deutlich herabbaumeln. „Wie es war? Natürlich günstige Gegend!"

„Quatsch nicht, das weiß ich."

„Bist du krank?" Diesmal lispelte Bovier seine Lieblingsfrage.

„Nicht daß ich . . ."

„Kusch, Gelotter! Aber *ich* weiß es!" Ein kleines, jedoch sehr deutliches Lächeln huschte unter Boviers Nasenflügel.

Lusi, die sofort begriff, warf die Hände hinüber an seinen Hals und krallte sich fest. Ihr Atem flog an seinem Mund empor, heiß und schnell: „Liebling, glaub mir, ich wußte es nicht . . . Ich weiß es erst seit heute . . . O, das war Rey, dieses Schwein!"

Bovier stieß sie sehr empört weg und spie, nicht schlechter, im Bogen aus.

Lusi weinte stoßweise und tränenlos, also besonders zweifelhaft. Gleichwohl zuckten ihn ihre Arme noch einmal jäh heran. Abermals abgeschmettert, wankte sie ein wenig nach hinten. Dann kam ein weicher, wunder Schrei.

Ihre Arme umarmten fest die Brust. Ihre Hände wurden zukkende Fäuste. Sie fiel in sich zusammen. Für Boviers Blick zu langsam.

Er fing sie gemächlich auf und schleifte sie mit einiger Anstrengung auf eine Bank.

„So serviert man Epileptisches!" Grinsend überließ Bovier Lusi einer alten dicken parfümierten Dame und begab sich so schnell wie möglich ins Café de la Roseraie.

„Lusi ist nicht epileptisch."

Reys Mütze stieg aus dem ‚Intransigeant' empor. Und wieder mußte er über Boviers plötzliche Anwesenheit lächeln. „Sie hat also einen Anfall gefixt?"

„Hat sie." Boviers Augen höhnten in die Reys.

Der zuckte tief beunruhigt sein Pincenez fester. „Warum?"

Bovier machte eine verächtliche Geste, die unmißverständlich auf sein Leiden hinwies.

„Ich auch." Rey reichte ihm die Hand.

„War es Dienstag?" fragte Bovier.

„Warum interessiert dich denn das?"

„Weil ich wissen möchte, seit wann du es weißt . . ."

„Ja, aber weshalb denn, zum Teufel!" Reys Gesicht entrutschte seiner Beherrschung.

„Du hättest mich vielleicht vorher warnen können, da du doch wußtest, daß ich mit Lusi . . ." Bovier bändigte mühsam seine Stimme.

„Lusi?" Rey wunderte sich maßlos. „Sie hat sich allerdings gewaltig angestrengt. Aber bei mir war es Sibi . . ." verplapperte er sich.

„Sibi? Da soll, wer's trifft, noch an die Menschheit glauben!"

Dann lachten beide wild, aber nicht ohne leise Wehmut.

„Zwanzig Francs!" Bovier stemmte sich am Tisch empor. „Sogar vierundzwanzig! Unverschämt! Und noch ‚cochons' und ‚salauds' einstecken! Dieses Luder!"

„Wir haben klinische Beziehungen, was?" Rey lachte immer noch. „Zwanzig Francs, sagtest du? Ich verstehe nicht . . ."

„Diese Sibi!" stöhnte Bovier, sich selbst parodierend. „Ich war heute Nacht bei ihr . . . Sie verlangte für eine kranke Freundin . . .

Der alte Schmus . . . Aber mich dann noch beschimpfen, wenn ich warne, anstatt mir zu sagen, daß sie selbst . . . Unverschämt!"

„Das kann man nun nicht gut von ihr erwarten. Aber Bov, das bleibt unter uns. Du weißt, daß ich für strikte Aufrechterhaltung des guten Rufs bin."

„Was geht dich denn Sibi an? . . . Nein, die soll an mich denken!"

„Ich bezahle doch mit ihr."

„Auch du, mein Sohn?" Bovier fiel erschüttert auf den Stuhl.

„Auch du? Also auch *du?*" Rey zuckte neugierig sein Pincenez herunter. „Das bleibt also unter uns. Hier hast du deine zwan . . ."

„Vierundzwanzig!"

„. . . vierundzwanzig Francs. Aber mit Sibi laß *mich* die Sache ordnen."

„Man muß es den Weibern verbieten. Sonst spricht es sich herum. Und ein anderes Arrondissement hat seine Schwierigkeiten."

„Peinliche Betriebsstörung!"

„Und ob! . . . Aber du und Sibi! . . . Großartig!" Boviers haarige Hände rieben heftig über seine fettig glitzernde Glatze.

Rey schepperte vor Vergnügen.

Die Baumöl

Sie mußte, darauf ließ ihr so unverhüllt getragener Name schließen, eine sehr mutige Dame sein, galt als über vierzig Jahre und als unbescholten.

Auch Lampel hielt sie dafür, außerdem für neunundzwanzig, und da er nach einer halben Stunde scharfsichtig zu erkennen glaubte, daß ein zionistischer Roué hier am Platze sei, gelang es ihm nach drei, mit Palästinafragen und erotischem Schnellfeuer gestopften Tagen, die Baumöl zu beglücken.

Doch Lampel hatte die Rechnung ohne seine bisher sehr unsemitisch in Anspruch genommenen Nerven gemacht. Diese erwiesen sich nämlich hinterher als weitaus entzückter, als es den Einnachtsabsichten ihres Herrn entsprach; ja geradezu als dermaßen hingerissen, daß Lampel sich schwermütig ans Fenster lehnte, auf einen Schornstein glotzte und „Mein Gott, mein Gott!" hauchte.

Kurz, es war sehr schlimm. Aber Lampel war gleichwohl nicht der Mann, sich das nicht einzugestehen. Er, der im Alter von achtzehn Jahren feierlich auf das Strumpfband einer Alice sich geschworen hatte, nie mehr im Leben seinen Unterleib seinem Kopf einen Streich spielen zu lassen, hatte nur nötig, sich daran zu erinnern. Er tat es und, da er kein Phantast war, sondern ein Stellenvermittlungsbureau, beschloß er, entsprechend dem vorliegenden Fall vorzugehen.

„Nun," meditierte er, bereits auf das Pflaster schielend, „meine Nerven sind von dieser Baumöl besoffen. Ich werde sie ihnen für einige Zeit vermitteln und, wenn sie sie nicht mehr benötigen, Madame den Platz wechseln lassen. Das kann noch ein Geschäft werden."

Abends jedoch rückte das Geschäft in weite Ferne und Lampel deshalb jenem Zustand näher, der Verliebte Blödsinnigen so ähnlich macht. Die Baumöl stellte sich nämlich nicht nur als nicht mehr von Lampel entzückt heraus, sondern vielmehr als ihm gänzlich abhold geworden. Sie sprach von der Schädlichkeit zu häufigen Genusses von warmem Apfelmus und über die Beziehungen Schillers zu Goethe.

„Der Jordan zieht nicht mehr," winselte Lampel auf dem Nachhausewege. ,,Und Schiller, der nicht einmal Jude ist, ist wahrhaftig keine erotische Kanone. Was tun?"

Zum ersten Mal in seinem Leben war der Mann, der immer Rat wußte, ratlos.

Spät nachts jedoch stürzte er sich plötzlich aus dem Bett auf seinen Schreibtisch, riß, da er vergessen hatte, das Licht anzudrehen, fast den Apparat herunter und brüllte: ,,2782!"

Sein Kopf fieberte. Die nackten Beine froren. ,Ob es nicht doch zu gewagt ist?' dachte er atemlos und wollte, unentschlossen röchelnd, bereits den Hörer einhängen, als wider Erwarten rasch die Baumöl sich meldete:

,,Lampel? O bitte, kommen Sie sofort zu mir. Ich brauche Sie dringend! Ganz dringend! Nehmen Sie ein Auto! O Gott sei Dank! . . ."

,,Halloh, was . . ." schrie Lampel, hörte aber nichts mehr.

Unterwegs lächelte er sich in seinem runden kleinen Taschenspiegelchen gönnerhaft teils, teils gockelstolz zu und ärgerte sich hierauf sehr, daß er vergessen konnte, Bart und Leib mit Trèfle zu bestäuben . . .

Die Baumöl erwartete ihn bereits an der Tür: ,,Schnell, schnell!", stieß ihn in ihr Wohnzimmer und verschwand.

Im Zimmer wurde alsbald auf ihn geschossen. Und zwar von einem Unterarm.

Er fiel vor Schreck um; mit der Schläfe schwer auf eine Stuhlecke, so daß er ohnmächtig wurde.

Als er erwachte, lag sein Haupt auf einem Schenkel der Baumöl, die ihm nasse Küchentücher auflegte und nach stürmischem Befragen ruhig mitteilte, daß bei ihr eingebrochen worden sei.

,,Also man hat eingebrochen?" stotterte Lampel angstentstellt, sein nasses Gesicht und den triefenden Bart streichelnd.

,,Keine Ahnung." Die Baumöl erhob sich hoheitsvoll.

Lampel glotzte überölgötzenähnlich. Dann entrang es sich seinem gurgelnden Kehlkopf: ,,Aber was für ein Zufall, daß man . . . daß er . . . daß gerade geschossen wurde, als ich und nicht du . . ."

,,Man? Er? . . ." höhnte die Baumöl. ,,*Ich* habe geschossen."

,,*Sie?*" Lampels Kopf geriet ins Schwanken.

Die Baumöl lächelte nachsichtig. ,,Ihr Zustand ist besser geglückt, als ich projektierte . . . Nun also, hören Sie! Es handelt sich um Folgendes: Ich brauche sehr wichtig einen Einbruch, das heißt: die Versichungssumme gegen ihn, das heißt: einen tüchtigen Zeugen. Der werden Sie sein. Sie haben auszusagen, daß ein Mann auf Sie schoß, der dann zum Fenster hinaussprang etc. Jetzt bleiben Sie hier, bis die Polizei kommt. Ich habe schon telephoniert."

„Aber . . ." Lampel bemächtigte sich einer Semmel.

„Was denn. Sie *müssen* doch."

„Ich muß?"

„Gewiß. Wenn Sie es nämlich vorziehen sollten, anders zu handeln, erkläre ich Sie, nicht jetzt, sondern ein wenig später als meinen Liebhaber. Das würde Ihnen jedoch ganz außerordentlich peinlich sein, da ich gar nicht Baumöl heiße, sondern – die Krosalowska bin."

Lampels bis dahin unentwegt geliebkoste Semmel rollte miteins dumpf tönend über das Parkett. Er hatte sich augenblicks jenes Namens aus einem kurze Zeit zuvor stattgefundenen Monstre-Mordprozeß erinnert und daran, daß es dieser Dame gelungen war, während des Transports nach dem Gefängnis auf rätselhafte Weise zu entkommen.

Lampels Augen jagten in wilder Verzweiflung, aber doch nicht ohne Neugierde über die der Krosalowska hin. „Sie sind es also, die auf dem Transport damals in London . . ."

„Zu dienen. Und zwar, indem ich meinem Begleiter im Wagen Gelegenheit gab, sich in seinem Schmerz aufzurichten und mich von seiner Teilnahme für mich tatkräftig zu überzeugen."

Lampel vermißte schmerzlich seine Semmel. Dann wurde er zusehends kleiner.

Als die Polizei kam, war er ganz klein.

Die Krosalowska erhielt nach vierzehn Tagen von ihrer Versicherungs-Gesellschaft eine sehr große Summe.

Tagsdarauf saß Lampel, der mit Hilfe der Krosalowska sein Stellenvermittlungsbureau überaus vorteilhaft verkauft hatte, ihr im Nachtexpreß nach Wien gegenüber.

„Wie fühlst du dich, mein Freund?" Die Krosalowska massierte neckisch die zu vollen Grübchen über ihren Fingern.

Lampel lächelte versonnen.

„Glaube mir, es ist das Beste für dich. Du hast doch immerhin verwertbare persönliche Eigenschaften. Stellenvermitt . . . in *deinem* Alter!"

Lampel nahm geschmeichelt seine Knie in die Hände.

„Ich habe sofort gewußt, daß ich dich habe . . ." prahlte die Krosalowska schelmisch.

„Wieso?“ Lampel warf kokett einen Fuß unter den Schenkel.

„Das fühlt eine Frau doch.“

„Darum war ich wohl das geeignetste Opfer?“

„Zweifellos. Aber du vergißt, daß ich dich mitnehme.“

Lampels Pupillen erweiterten sich träumerisch. „Nur etwas kann ich mir nicht erklären, obwohl ich fortwährend darüber nachdachte. Ich habe dich nämlich in jener Nacht tatsächlich telephonisch angerufen . . .“

„Vielleicht haben wir gleichzeitig telephoniert.“ Schnell aber verformte sich ihr Mund triumphierend. „Was hattest du mir denn um zwei Uhr nachts so Wichtiges mitzuteilen?“

Lampel interessierte sich lebhaft für einen seiner Zeigefinger.

„Heraus damit! . . . Du machst ja ein Gesicht, als wolltest du dir erst etwas Passendes ausdenken! Gib dir keine Mühe! Ich wußte doch, daß du entsetzlich in mich verliebt warst.“

„O, ich bin es ja noch!“ stöhnte Lampel, die Lippen verzückt auf den armbandtriefenden Handgelenken der Krosalowska.

„Ich habe dich doch absichtlich an jenem Abend so schlecht behandelt,“ zirpte sie lieblich, „um mein geplantes Telephongespräch psychologisch gut zu plazieren. Nun, wir werden noch gute Geschäfte machen, mein Sohn.“

Lampels Lippen betätigten sich bereits anderwärts, als er plötzlich innehielt. Ihm war, allerdings nicht zum ersten Mal, der Zionismus eingefallen und die Palästinafragen und daß Madame schon um die Vierzig sich befinden mußte und daß er sie für unbescholten gehalten hatte . . .

Doch, wie gesagt, Lampel hatte diesmal die Rechnung ohne seine bisher nur an blonde Kost gewöhnten Nerven gemacht.

‚Aber es ist doch noch ein Geschäft geworden,‘ tröstete er sich. Ein wenig voreilig wohl.

Der Doktor Sahob

Die kleine Fiora ächzte wieder einmal, während sie sich das Gesichtchen à la Pierrette zurechtschmierte: „Sahob, du bist doch Jurist!“

„Pech!“ Der lange Doktor Sahob ließ, peinlich berührt, seine Knie nach vorn rutschen. „Aber ich mache es durch den Vorteil wett, daß kein Mensch es mir glaubt.“

„Ja natürlich, weil du deine Biographie immer schamloser umlügst.“

„Und weil ich mich bemühe, sie praktisch dementsprechend zu verbessern.“

„Warum soll *ich* denn aber den Leuten erzählen, daß meine Wiege eine Eierkiste war und daß ich . . .“

„Ein gutes Renommée zu besitzen, ist lasterhaft.“

„Sahob!“ Fiora richtete das Kinn spitz nach oben, um die Lippen genau vor das Spiegelchen zu bekommen. „Sahob, du bist doch nicht gerade ein Rindvieh. Wenn ich auch zur Not begreifen kann, daß du es liebst, für . . .“

„. . . den ‚letzten Knaben‘ gehalten zu werden . . .“

„Ja doch! Aber warum denn *mich* . . .“

„. . . zum ‚letzten Mädchen‘ umbauen, nicht wahr, ma petite?“ Und Doktor Sahob entdeckte seinen niederträchtigsten Blick, vor dem Fiora nur noch zu sagen fand:

„Ach, Sahob, wenn es wenigstens etwas eintrüge! Deine Unterhose ist seit sechs Wochen nicht gewaschen . . .“

„Und wenn man uns umkehren würde, käme nur Wurst und Kaffee zum Vorschein.“

Fiora hüpfte sehr verliebt auf Doktor Sahobs Knie und schmiegte ihren frisch gemalten Pudelkopf hündisch lieblich in seine Schulter hinunter. „Und wenn du doch nur wolltest! Du könntest Deputierter sein!“

„Ein Irrtum. Das könnte ich nicht.“ Doktor Sahobs Stimme füllte sich plötzlich mit Klang.

„Du kannst es.“ Fiora musterte ihn sonderbar lauernd.

„Ich kann es nicht!“

„Und ja!“

„Nein!“

Fioras magerer Hintern krachte miteins sehr schmerzhaft auf die Diele. ,,Hund verfluchter!"

,,Dreckpatzen!"

,,Wa-a-a-s?" Fiora rannte schreiend Kopf und Fäuste gegen Doktor Sahobs Lendengegend.

Der packte sie um die Hüften, hob sie, so daß ihr Kopf nach unten schüttelte, hoch empor und schmiß sie im Bogen auf das Bett, das, dieses Stoßes ungewohnt, geräuschvoll einbrach.

Fiora lachte sich naß, während Doktor Sahob auf der kunstgerecht über dem Schenkel angespannten Hose sich etwas gerade walkte, das wenig Aussicht mehr besaß, eine Zigarette zu werden.

Als er triumphierend rauchte, zog er, ein Besonderes kündendes Zeichen, die Schultern krumm ein. ,,Fiora, komm her!"

Fiora krauchte sich zwischen seine ausgestreckten Beine. ,,Liebst du mich, Sahob?"

,,Kusch! Du gehst jetzt in die Mascotte-Bar!"

Fiora nickte stürmisch und frische Bächlein auf den Wangen. ,,Soll ich dann zu dir kommen oder . . ."

,,Quatsch! Du setzst dich zu Coqillot . . ."

,,Ach, es wird ja doch wie gewöhnlich nichts daraus . . ."

,,Kusch, sag ich! Du setzst dich zu Coqillot, dem mit dem Bauch vorne und . . ."

Nach einer halben Stunde, die sehr gewitterhaft verströmte, war Fiora wütend, aber beglückt auf dem Weg . . .

In der Mascotte-Bar erzählte sie Coqillot auftragsgemäß, daß Doktor Sahob, ihr Freund, der gar kein Doktor sei, sondern ganz einfach ein Schwerverbrecher, sie dadurch, daß er sie zum Stehlen mitgenommen habe, fest an der Kette halte; daß er sie zur Hure abgerichtet und alles Gute in ihr zertreten und sie heute hierher geschickt habe, um einen teuflischen Plan gegen ihn, Coqillot, ausführen zu helfen; daß sie aber endlich genug habe und das Gewissen ihr schlüge; und daß sie ihn, Coqillot, retten würde, wenn er sie retten wolle . . .

Coqillots Bart erzitterte grotesk. Seine flinken Äuglein rannten aufgestört um den Tisch. Die heiße Asche seiner überlebensgroßen Havanna fiel in sein über der Brust offenstehendes Vorhemd, ohne daß er es fühlte.

Fiora hielt ängstlich den Kopf gesenkt, jeden Augenblick bereit, davonzulaufen – in die Seine, einen schrecklichen Fluch auf Sahob zwischen den schönen Zähnen.

Coqillots rote Pranke quetschte alsbald Fioras Händchen. „Meine liebe Kleine, sagen Sie mir die volle, die lautere Wahrheit und ich werde alles tun, was ich unter solchen Umständen für Sie tun kann."

Fiora, die nun schon Mühe hatte, die erforderliche Zerknirschung durch ein aufkeimendes Lachen schiffbruchlos hindurch zu projizieren, begann unsicher: Doktor Sahob habe ihr befohlen, sich in Coqillots Wohnung mitnehmen zu lassen, wo er inzwischen die Köchin entfernen und den Telephondraht durchschneiden würde; Coqillot im Bett zu narkotisieren (hierbei zeigte sie flüchtig ein Stück in Seidenpapier gewickelte Formanwatte), ihm Schlüssel und Geld abzunehmen etc. . . .

Coqillot zahlte wie ein Irrsinniger und zerrte, überaus ergötzlich zu betrachten, Fiora die Treppe hinunter in sein Auto.

Darin überredete sie den Halbohnmächtigen mühsam und immer noch auftragsgemäß, daß es ein Fehler wäre, die Polizei jetzt schon zu verständigen; vielmehr beiweitem schlauer, trotzdem in seine Wohnung zu fahren, da sie wisse, daß Doktor Sahob in dem Kämmerchen neben der Küche auf ihr Zeichen warte; man brauche also nur die Küche abzusperren und könne am nächsten Morgen die Polizei holen lassen; denn so allein habe sie selbst noch Zeit, ihre Sachen zu packen und sich zu retten; er sollte ihr tausend Francs geben, damit sie ihre Schulden bezahlen und mit dem ersten Frühzug nach Aachen zu ihrer Tante reisen könne, um ein neues besseres Leben zu beginnen . . .

Coqillot stöhnte vor Rührung, warf Fiora sein Portefeuille in den Schoß und setzte sie auf ihr dringendes Verlangen hin, nicht ohne zuvor weidlich den Mutigen posiert zu haben, vor der nächsten Métro-Haltestelle ab, damit sie keine Zeit verliere, und küßte ihr schmatzend, aber danküberströmt Stirn und Hände . . .

Vor Doktor Sahob, der mangels Zigaretten wutentbrannt mit einem Scheit Holz den Ofen prügelte, knallte Fiora jauchzend in die Knie. „Da! Da! Sahob, hurra!"

„Voilà!" Doktor Sahob prüfte sachlich und langsam die Tasche, ohne Fioras entzücktes Schluchzen zu beachten, und hatte bald siebenhundertsiebzig Francs und vierzig Pounds in der Hand. „Ging es so, wie ich wollte?"

„Genau so!" Fioras Jubel weinte Bächlein.

„Sonderbar." Doktor Sahob lächelte verkrampft zur Seite. Er hatte eine Visitkarte aus dem Portefeuille gezogen und gelesen.

„Wie? . . . Warum?“ Fiora befürchtete, Entsetzen um die Lippen, Sahob, der sie so oft schon erwischt hatte, könnte den Entgang von zweihundert Francs irgendwie entdeckt haben.

„*André* Coqillot hat doch aber keinen Bauch.“

Fiora erwachte zu neuem Leben. „Ja, der andere war nicht da.“

„Aber André Coqillot ist doch ungefähr der einzige Mensch, der zufällig noch eine gute Meinung von mir hat. Hat er das alles wirklich sofort geglaubt?“

Fiora lächelte überlegen. „Ich kenne ihn doch schon seit zwei Tagen.“

„Ah!“ Doktor Sahob küßte Fiora zärtlich auf die kupfernen Haare. „Dann wußte er also bereits, daß ich . . .“

„. . . daß du sechzehn Monate Zuchthaus repräsentierst.“

„Und daß du . . .“

„. . . daß ich von meinem Vater verführt, von einem Athleten weggeschleppt wurde und von dir halbtot geprügelt werde.“

„C'est ça!“

„Sahob, du siehst, ich bin tüchtig! Aber wir machen solche höhere Sachen jetzt öfter, ja?“

„Gewiß, ma petite.“

„Paß auf, du wirst noch Deputierter.“

„Nein!“ Doktor Sahobs Stimme schwoll fürchterlich, jedoch erheitert an.

„Und ja!“ Lachend stampfte sich Fiora einen Absatz schief.

„Nein, sag ich!“ Sahob wirbelte Fiora knackend in eine Ecke.

„Hund verfluchter!“

„Dreckpatzen!“ Doktor Sahob brüllte ungeheuerlich. „Und jetzt fahren wir nach Barcelona! Marsch!“

Zuvor warf sich Fiora noch einmal in Doktor Sahobs Arme, die sie geübt über das Bett bogen, das nun völlig zusammenbrach.

Die Rache des Serben Calenowitsch

Es ist vielleicht nicht ganz unbekannt, daß es eines der besten Mittel ist, eine Dame zu bekommen, bereits eine zu haben. Aber auch umgekehrt trifft diese Maxime zu: Herren, die nicht die geringste Lust einem gewissen Weibe gegenüber verspüren, werden allgemach von ihr erfaßt, wenn sie wahrnehmen, daß ein anderer sie in heftigem Grade empfindet.

Moo aus Lüttich, eine überaus genußsüchtige junge Witwe, welche die vorteilhafte Eigenschaft, sehr nüchtern zu beobachten, in hohem Maße besaß, war dies nicht entgangen. Deshalb entschloß sie sich zu einer Liebschaft mit dem ihr schließlich nicht unsympathischen Serben Calenowitsch, um dessen Freund, den Sachsen Fuhrmatz, für den sie in mächtiger Begierde, aber ergebnislos erglüht war, zu bekommen.

Die beiden Freunde bewohnten seit kurzem in Nizza gemeinsam ein kleines Appartement zu ebener Erde; Moo ein elegantes Zimmer im Hotel Negresco, das sie allabendlich nach dem Diner verließ, um sich zu ihrem Calo zu begeben.

Daselbst trank sie schwarzen Kaffee, schäkerte, auf seinen Knien sitzend, mit Calenowitsch und liebkoste ihn stürmisch so lange, bis Fuhrmatz es für gekommen hielt, delikat ins Nebenzimmer sich zurückzuziehen, von wo aus er die Geräusche allerlei holder Vergnügungen mitanzuhören gezwungen war.

Anfangs schmeichelte ihm dieser Zustand. Moo hatte ja, lange bevor Calenowitsch zu ihm gezogen war, eines Nachmittags ihr Haupt auf seine Knie gelegt und überhaupt sehr deutlich zu verstehen gegeben, daß . . . Fuhrmatz durfte sich also als derjenige fühlen, der anderen gerne überläßt, was er verschmähte. Deshalb war es ihm ein besonderer Genuß, Calenowitsch gegenüber eines außerordentlich liebenswürdigen, leider aber fast gnädigen Tones sich zu befleißigen.

Calenowitsch, der nicht vergeblich auf dem notorisch über ein stattliches Quantum Pfiffigkeit und Feinhörigkeit verfügenden Balkan geboren war, vernahm diesen Ton und merkte sich ihn, da er ihn sich noch nicht zu erklären vermochte.

Doch bereits nach zwei Tagen lieferte ihm ein Vorfall die Möglichkeit zu einer ganz bestimmten Erklärung. Moo hatte ihn nämlich, wie stets nach Fuhrmatzens Verschwinden, liebevoll auf die Chaiselongue gezogen. Die Kehllaute, die sie alsbald mit einer gewissen Regelmäßigkeit ausstieß, däuchten jedoch Calenowitsch' feinem Ohr ein wenig übertrieben. Gleichwohl nahm er sie lediglich für Genußsteigerungen im Wege der Autosuggestion. Als sie aber geradezu in ein wildes Heulen übergingen, zu dem nach der augenblicklichen Sachlage durchaus kein Grund vorhanden war, hielt er plötzlich inne. Und mit einem Mal wußte er, woran er war: dieses Heulen war auf das Nebenzimmer projiziert, für Fuhrmatz bestimmt.

Calenowitsch ließ sich jedoch durchaus nichts von dieser Entdeckung anmerken und Moo, die wie alle sehr, nicht aber ganz Klugen andere gerne unterschätzte, bemerkte denn auch nichts.

Calenowitsch schlief diese Nacht nicht. Er sann auf Rache. Und zwar auf Rache an beiden. Der gnädige Ton Fuhrmatzens machte ihn fast noch wütender als Moo's Unverschämtheit, ihn einfach als Animierknaben zu benützen. Der Umstand, daß er weder für Fuhrmatz noch für Moo ein sozusagen besseres Gefühl besaß (er hielt den Abbé Galiani für den einzigen wahrhaft bewundernswerten Mann), erleichterte ihm sein Vorgehen, das an Raffinement wirklich nichts zu wünschen übrig ließ.

Er beschloß, die beiden auf einander zu hetzen, und, wenn die Begierde am höchsten gestiegen wäre, die Vereinigung auf eine grausame Weise zu verhindern. Das Blut seiner Vorfahren, der Bojaren, wallte in ihm.

Zu diesem Behufe begann er, Moo gegenüber seine bisherige Geilheit mit Sonderempfindungen und gänzlich unmotivierten, angeblich Gefühlen entsprungenen Seufzern aufzuputzen, tief schürfende Gespräche über das Wesen der wahren Liebe und den Sinn des Lebens vom Zaun zu brechen, etc., kurz, er simulierte nichts Geringeres als – Liebe.

Fuhrmatz gegenüber sprach er immer häufiger über Moo, ihren persönlichen Wert und ihre körperlichen Reize, stellte sich hierauf leicht gequält und ließ von Zeit zu Zeit das Gespräch sich gleichsam entgleiten, indem er, scheinbar Fuhrmatzens Anwesenheit völlig vergessend, streckenweise Monologe sonderbarst meditierender Art von sich gab.

Die Wirkung blieb nicht aus. Moo beeilte sich ungesäumt, ihrem Calo vor Fuhrmatz Befehle zu erteilen, um seine Servilität und sexuelle Hörigkeit zu demonstrieren, und wechselte mit Fuhrmatz gelegentlich leise ironische Blicke. Dieser vermochte nun schlankweg nicht mehr zu begreifen, wie er sich diese Dame hatte entgehen lassen können, die er bereits für ein sehr bedeutendes Weib hielt, umsomehr als er bislang von Calenowitsch eine außerordentlich hohe Meinung besessen hatte.

Calenowitsch war mit seiner Arbeit zufrieden, hielt es jedoch für angezeigt, das Feuer noch zu schüren. Er lobte Fuhrmatz in selbstverleugnender Weise, wenn er mit Moo allein war. Und war er mit Fuhrmatz allein, lobte er Moo derart, daß er oft Mühe hatte, ein Lächeln zu unterdrücken. Dies alles aber lediglich, um nach einigen Tagen wirkungsvoll das Gegenregister aufziehen zu können. Er begann nämlich, wenn er mit Moo allein war, allerlei Einwände gegen Fuhrmatz zu erheben und geschickt den Neidischen zu mimen. Und war er mit Fuhrmatz allein, so erhob er schwere Einwände gegen Moo und stellte sich gleichwohl unbestimmt ärgerlich.

Und eines Nachmittags im Tea-Room, als Moo eben mit Fuhrmatz von einem stürmischen Tango an den Tisch zurückkehrte, erwies sich die Frucht als reif.

Moo hauchte nämlich hingerissen: „Fuhrmatz, ich bewundere dich."

Und Fuhrmatz senkte eitel die Lider und sandte gleichdarauf Calenowitsch einen spitzigen, sachte triumphierenden Blick zu.

Noch am selben Abend vollendete Calenowitsch seine Rache.

Er bat Moo zum ersten Mal, nach dem Diner nicht zu kommen, da er und Fuhrmatz einen Herrn bei sich empfangen müßten. Moo glaubte es selbstverständlich nicht. Sie war überzeugt, daß das Spiel sich endgültig zu wenden begann, und ging, ein sieghaftes Lächeln auf den frischen Lippen, frühzeitig zu Bett.

Unterdessen erwies sich Calenowitsch, während er mit Fuhrmatz, seit langem zum ersten Mal bei dieser Gelegenheit zu zweit, schwarzen Kaffee trank, als abnormal schweigsam und bleich. Fuhrmatz, in manch einer Hinsicht unwillig, fragte schließlich, mehr aus primitivster Höflichkeit, denn auch nur in kleinster Anteilnahme, ob er vielleicht nicht ganz wohl sei.

Calenowitsch schwieg düster.

Fuhrmatz zuckte verächtlich die Achseln.

Da schob Calenowitsch plötzlich den Ärmel empor und wies mit dem Finger auf gewisse kleine runde zackige rote Flecke.

Fuhrmatz begriff durchaus nicht. ,,Bist du verrückt?"
Calenowitsch lächelte traurig. ,,Nein. Aber ich werde es bestenfalls in zwanzig Jahren tatsächlich sein."
,,Ja, bist du denn wirklich übergeschnappt?"
,,Keineswegs. Bloß krank."
,,Kra-a-a-ank?"
Fuhrmatz begriff endlich. Und erbleichte.
,,Aber du hast doch seit Wochen nur mit Moo . . ." entrang es sich ihm mühsam.
,,Ich zweifle auch nicht im mindesten daran, daß *sie* mir dieses liebliche Geschenk machte." Calenowitsch ließ das Haupt ein wenig sinken.
Nach einigen Sekunden auch Fuhrmatz . . .
Am nächsten Tag fuhr Fuhrmatz, der diese Absicht nur Moo's wegen bisher aufgeschoben hatte, nach einem rührenden Abschied von Calenowitsch zu seinen Eltern nach Zwickau auf Besuch.
Calenowitsch, der aus übergroßem Zartsinn sich weigerte, mitzufahren, hatte Fuhrmatz versprechen müssen, sich mit größter Fürsorge zu heilen, und dieser versprach seinerseits, schon in vier Wochen wiederzukommen.
Endlich allein, wischte Calenowitsch die weiße Crême, die er aufgelegt hatte, vermittels Spiritus sich vom Gesicht, nahm ein heißes Bad, um die kleinen roten Bemalungen zu entfernen, und machte, wiederum zum ersten Mal, Moo, die es ihrer Reputation wegen nicht liebte, im Hotel von Herren aufgesucht zu werden, daselbst einen Besuch.
,,Fuhrmatz ist heute abgereist," sagte er ganz unvermittelt.
,,Was? . . . Ach, das ist ja nicht wahr." Moo war aber doch irgendwie überrascht.
,,Und zwar nach Wien. In eine Klinik."
,,Klinik?"
,,Der arme Junge!" Calenowitsch ließ abermals sein Haupt sinken.
„Aber was ist denn nur los ... Was hat er denn auf einmal ..."
,,Die Syphilis."
Nach zwei Tagen verließ Moo Nizza, ohne auch nur von ihrem Calo sich verabschiedet zu haben.
Dieser hatte sich freilich auch nicht mehr blicken lassen. Er zog es vor, die gesamte Wohnungseinrichtung Fuhrmatzens im Wege

eines guten Verkaufs zu unterschlagen, und, Bars und Dancings ausgiebig frequentierend, herrlichen Selbstgefühlen sich hinzugeben.

La dupe glissée

Während Shup sich wild wusch, pfiff er: „Cousine, cousine, si gentille, si câline . . .“

Zwischendurch verbeugte er sich, die Hände türkisch über der Brust gekreuzt, vor dem bemerkenswerten Busen einer weiblichen Photographie, die ihm gegenüber bespritzt an der Wand baumelte. Hierauf benützte er unter anderem einen halbblinden Handspiegel, lächelte sich begeistert zu, grimassierte und ging schließlich ärgerlich, wenn auch nicht grundlos auf die Treppe.

Daselbst hörte er ein aus der Etage unter ihm dringendes heiseres Frauenorgan: „. . . man muß doch den Mädchen in diesem Alter die Möglichkeit geben . . .“

Shup retirierte sich fluchtartig. „Gräßlich!“

Auf seiner Chaiselongue plazierte er genießerisch ein Stückchen Würfelzucker auf die Zunge und goß langsam Wasser nach. Diese Prozedur wiederholte er eben zum dritten Mal, als, ohne anzuklopfen, Yvonne eintrat:

„Was machst du denn da? Fehlt dir etwas?“

„Nein, mein Engel. Ich frühstücke.“

Yvonne lachte so lange, daß Shup gemächlich ihr Handtäschchen öffnen und sieben Gianaclis und drei Francs daraus entfernen konnte.

Yvonne wurde endlich still. Dann aber platzte sie, wie bis an die Lippen voll, von neuem los.

„Du hast ein schlechtes Gewissen,“ orakelte Shup, beobachtend die Unterlippe beißend. „Dieses Gelächter ist auch in Ansehung meiner ganz außerordentlichen Fähigkeiten zu viel, ma chérie.“

„Shup, hast du heute Zeit?“

Shup schloß überlegend langsam die Augen.

„Mensch, tu doch nicht so!“

Shup war gerührt: „Nun, mein Engel?“

„Affe! . . . Willst du um sechs Uhr im Café de la Fregatte sein?“

„de la Freg . . . Kenne ich nicht.“

Yvonne zerrte ungestüm an einem vorhangähnlichen Gebilde in der nächsten Umgebung des Fensters. „Natürlich kennst du es. Diese Kaschemme in der Rue du Bac.“

„Ça va?" Rosanette stand plötzlich in der Tür.

Yvonne begann eigenartig zu summen. Die Marseillaise.

„Ah, du bist hier?" Rosanette setzte sich mit unvorstellbarer Vornehmheit auf eine Art Podium.

Ein gefährliches Schweigen hub an.

„Chou-ou-crou-ou-oute!" Eine absonderliche Kreuzung von Schrei, Pfiff und hohem C, zog dieses Wort von der Straße herauf langgedehnt durch den Raum.

Shups dadurch entstandenes glückliches Lächeln verging, als er sah, wie Yvonne nach ihrem Handtäschchen griff und intensiv darin herumkramte.

Und schon sprang sie auf Shup zu und riß ihm die Zigarette aus den Fingern. „Voilà, Gianaclis! Also hast du auch meine drei Francs! Her damit, du Affe!"

Shups Muskeln spielten kurz, bevor er sich lässig und drohend erhob.

„Au revoir, Shup! Da bin ich nicht gern dabei!" Rosanette segelte in gut gelungenem Faltenwurf auf die Tür zu.

„Qu'est-ce que tu fais avec cette gougnotte-là?" rief Yvonne wohlgezielt.

Rosanette bremste augenblicklich. Ihre schwungvollen Falten legten sich. Ihr hübsches Gesicht wurde trotz bedeutendem Farbenarrangement puterrot.

Etliche Sekunden war es, als glotzten die drei auf den imaginären Mittelpunkt des Dreiecks, das sie ins Zimmer standen.

Dann aber kollerte die Wut Rosanettes von der Zunge: „Et toi? Qu'est-ce que tu fais au Café de la Fregatte? Avec ce Laurent, cette tapette sans le sou, hein?"

Ohne daß es Shup möglich gewesen wäre, zu sehen, wie es geschah, lagen die beiden plötzlich eng umschlungen und stöhnend einander in den Armen. Dann aber fuhren jäh Hände hoch, spitze Schreie explodierten, Kleider prasselten, Haare spritzten.

Shup schob verächtlich das Hemd am Handgelenk ein wenig zurück. „Fünf Uhr."

Hut und Rock unterm Arm verließ er unbemerkt das Zimmer, das er lächelnd zweimal geräuschlos abschloß. „Man muß doch den Mädchen in diesem Alter die Möglichkeit geben, sich zahm zu prügeln . . ." –

„Monsieur Laurent?" fragte Shup höflich den jungen Mann, den ihm der Kellner gezeigt hatte.

Monsieur Laurent nickte heftig, sah Shup stürmisch in die Augen und sprang auf.

Shup beschwichtigte ihn mühsam, behauptete, bereits seit Wochen vergeblich um den Mut gerungen zu haben, sich ihm zu nähern, legte ihm tiefernst die Hand auf den Arm und ließ einschlüpfen, daß er seine Freundin Yvonne nicht mehr so zu schätzen wisse wie früher, seit er ihn gesehen.

„Yvonne?" wiederholte Monsieur Laurent, bis in den Kragen hinein verlegen.

„Sie kennen sie? Aber meine Freundin heißt Chevigny." Shup nannte absichtlich einen falschen Familiennamen.

„Ah! Die Yvonne, die ich kenne, nennt sich Grobet."

‚Also Yvonne!' Shup besichtigte mit Ergötzen den erlöst-qualligen Zustand von Laurents Visage und sagte schnell: „Grobet? Ah, von der habe ich bereits gehört. Und genügend Reichliches! Nehmen Sie sich um des Himmels willen in acht! Das ist eine ganz gefährliche Person!"

Monsieur Laurents Mandelaugen verbogen sich. „Wirklich?"

Es war für Shup nun Fibelarbeit, herauszukitzeln, was er zu wissen wünschte. Er erfuhr, daß Yvonne Laurent vorgeschlagen hatte, sich als Dame zu verkleiden, um auf diese Weise leichter arbeiten zu können, daß sie sich dazu bereit erklärt hatte, ihn ununterscheidbar anzulernen und geschickt einzuführen, und daß sie sich ein nettes Honorar ausbedungen.

Shup beschimpfte sich innerlich grauenhaft wegen seiner unverzeihlichen Voreiligkeit und war gerade im Zuge, Yvonne zur klügsten und herzensgütigsten Kokotte umzustilisieren, als er ein Taxi vor dem Café halten sah und einen ganz außergewöhnlich dérangierten, ihm aber dennoch sehr bekannten Hut darin erblickte.

Yvonne und Rosanette tänzelten Arm in Arm heran.

Monsieur Laurent drückte sich hinter die spanische Wand, nicht ohne zuvor seinen Picon vernichtet zu haben.

Shup trat gravitätisch auf die beiden frisch gekitteten Freundinnen zu.

„Hein?" höhnte Yvonne. „Also eifersüchtig? Was für ein Affe du doch bist! Das hätte ich dir nicht zugetraut!"

Rosanette lächelte kindlich. „Ich habe Yvonne erzählt, was wir mit dem alten Schusselé vorhaben und daß ich nur deshalb zu Ihnen kam, Shup."

Shup beeilte sich unglaublich, verständnistriefend zu schmunzeln. Er kannte gar keinen alten Herrn namens Schusselé. ‚So ein Aas, diese Rosy, aber tüchtig!' sagte er sich erfreut. „Und wie kamt ihr aus dem Zimmer?"

„Rosanette warf ihr leeres Täschchen auf die Straße, als eben ein hübscher Junge vorbeiging, und der holte dann den Schlosser."

„Gut," äußerte Shup gnädig. „Aber nächstens, liebe Yvonne, sei bitte vorsichtiger, obwohl ich mich sehr freue, daß du so viel Unternehmungslust zeigst . . ."

„Wie?" Yvonne wunderte sich ärgerlich. „Vorsichtiger?"

„Ja. Dein Laurent ist nämlich ein Spitzel," triumphierte Shup, um die Oberhand nicht einzubüßen.

Nierenräumer und der Sozialismus

„Bitte ein Billett zweiter Klasse für dreißig Mark."

Der Dresdener Schalterbeamte runzelte mürrisch die Stirn.

Deshalb sagte Nierenräumer: „Es ist ganz gleichgültig, wohin. Es handelt sich nämlich um eine Wette."

Es handelte sich um keine Wette, sondern um eine der rabiaten Launen Nierenräumers, hervorgerufen durch den Mangel eines größeren Betrages.

Der Schalterbeamte belächelte alsbald loyal diese Angelegenheit und ließ sich zu einem Billett nach Breslau herbei.

Nierenräumer, der die vorvergangene Nacht in den unersättlichen Armen einer Rosa und die vorhergegangene auf einem Billard zugebracht hatte, gab dem Schaffner den Auftrag, ihn rechtzeitig zu wecken, seine letzte Mark und sich hierauf dem Schlafe hin.

Um acht Uhr abends schlenderte er bereits in Breslau ausgeschlafener, aber hungriger durch die Hauptstraße. Mehrmals. Und nochmals. Und wurde allmählich so übelgelaunt, daß er nicht einmal mehr das Nächstliegende, die Bekanntschaft einer liebenden hilfreichen Dame, sich angelegen sein ließ.

Er war auf dem besten Wege, vermittels einer gänzlich sinnlosen Anrempelung eines Oberprimaners einem leichten Hungerkoller nachzugeben, als ein von einer Bogenlampe übermäßig beleuchtetes fuchsrotes Plakat am Eingang eines stattlichen Gebäudes, in das ohne Unterlaß Menschen hineinströmten, ihn glücklicher Weise davon abhielt.

Er las mit einiger Neugierde:

VORTRAG
des Privatdozenten Prof. Dr. Elias Traumdotter
über die Verwerflichkeit des Gebrauchs
sabotistischer Kampfmittel.
Nach dem Vortrag freie Diskussion.

Nierenräumer grinste, hob den Kopf und vergewisserte sich, das Volkshaus vor sich zu haben, bevor er, um einiges lebhafter, es betrat.

Im Saale setzte er sich in der Nähe des Podiums hinter eine Art von Verschlag und döselte so lange, bis ihm brausendes Beifallsrufen und schmetterndes Händeklatschen das Ende des Vortrags kündeten.

Unverzüglich folgte er dem Redner in das Referentenzimmer, wo er forsch auf ihn zutrat, sich gemessen verneigte und sehr laut äußerte: „Ich bin eigens zu Ihrem Vortrag aus Dresden hierher gekommen. Nierenräumer mein Name. Ich bin seit acht Jahren in der Bewegung. Herr Professor kennen mich vielleicht bereits."

Professor Traumdotter erinnerte sich nun zwar nicht, behauptete aber gleichwohl, schon das Vergnügen gehabt zu haben, und sprach den Wunsch aus, Nierenräumer bei der folgenden Diskussion zu hören und nachher im Café Fahrig noch zu sehen.

Jenes geschah dergestalt:

Professor Traumdotter ließ sich in der Hitze des Kampfes zu der Behauptung hinreißen, die Sabotage sei deshalb ein ganz besonders verwerfliches Kampfmittel, weil ja doch der Arbeiter selbst derjenige sei, welcher schließlich den angerichteten Schaden reparieren müsse.

„Aber er wird doch dafür bezahlt!" rief einer.

„Er verdient dann unter Umständen sogar mehr!" schrie ein anderer.

Professor Traumdotter ergriff in höchster Verlegenheit ein Wasserglas.

Nierenräumer, der die für ihn so günstige Gelegenheit dieses peinlichen Augenblicks sofort erkannte, brüllte plötzlich in den Saal: „Herr Professor Traumdotter hat durchaus recht. Der Arbeiter bekommt zwar unter Umständen einen höheren Verdienst. Aber, meine Herren, denken Sie doch nur an die Kontinuität der irregulären Elemente innerhalb des Proporz-Verhältnisses."

Professor Traumdotter atmete befreit auf, stürzte sich auf diese rettend ausgeworfenen Vokabeln und schwamm alsbald wieder obenauf.

Infolgedessen begrüßte er Nierenräumer nachher im Café fast überschwenglich.

Dieser zögerte nun nicht länger, sich ein Restaurationsbrot und eine Portion Tee servieren zu lassen und mit also wiedererlangter voller Unternehmungslust die Aufmerksamkeit Professor Traumdotters einerseits auf den Proporz zu lenken, andererseits aber den Wunsch auszusprechen, einem älteren, von ihm längst gesichteten Herrn samt Tochter vorgestellt zu werden.

Selbstverständlich war dies Professor Traumdotter eine Ehre und deshalb auch Herrn Karl Schmalzberger, Delikatessen en gros, und dessen sehr blonder Tochter Pippa, die eigentlich, was Nierenräumer rasch erfuhr, Martha hieß, aber so überaus für Gerhart Hauptmann schwärmte, daß . . .

Nierenräumer beeilte sich, im Wege wilder Lobpreisungen des von ihm als Paradesozialisten mehr noch als Professor Traumdotter verlachten Dichters das tiefe Wohlgefallen Fräulein Pippas zu erregen, und erzielte bald deutliche Anzeigen ihrer Gunst.

Da erklärlicher Weise nun Herr Schmalzberger sich ein Vergnügen daraus machte, Nierenräumers Zeche zu begleichen, stieg dessen Selbstvertrauen derart, daß er durch einen vom Kellner besorgten Brief Professor Traumdotter um ein Darlehen von zwanzig Mark anging.

Sohin war Nierenräumer in der Lage, es sich nicht nehmen zu lassen, die Herrschaften Schmalzberger im Wagen nach Hause zu bringen. Dieses hatte das unvermeidliche Resultat, daß eine Einladung zum Abendessen für den nächsten Tag erfolgte.

Bei dieser Gelegenheit faßte Nierenräumer dadurch, daß er eine von der Hand Pippas gemalte Öllandschaft augenblicklich als von Liebermann beeinflußt erkannte und der Überzeugung Ausdruck gab, es wäre gleichwohl ein sehr starker persönlicher Strich vorhanden, vollends festen Fuß.

Nach drei Tagen war die Familie Schmalzberger endgültig von Nierenräumer entzückt.

Desgleichen Professor Traumdotter, der den Rat des für die Bewegung so hoffnungsvollen jungen Mannes in bezug auf den Proporz im Besonderen und auf das unter seiner Feder befindliche Werk ‚Das sabotistische Kampfmittel und die Internationale' im Allgemeinen mehrmals erfolgreich in Anspruch nahm.

Entzückt waren ferner: drei bei Schmalzbergers verkehrende Familien, denen die junge Leuchte Nierenräumer eilig präsentiert wurde, nicht ohne gewisse zarte Anspielungen auf eine im Bereich des Naheliegenden befindliche Verlobung; und unabwendbarer Weise die um Professor Traumdotter, jener gewählte Kreis angehender oder bereits im besten Arrivieren sich befindender Nationalökonomen und Karrière-Sozialisten.

Nach acht Tagen hatte jedoch dieses Entzücken ein jähes Ende: Nierenräumer war verschwunden.

Und zwar nach Berlin. Allwo er mit dem immerhin größeren

Betrag von 1210 Mark eintraf, den er an einem Vormittag sämtlichen in Betracht kommenden, weil von ihm entzückten Breslauer Persönlichkeiten unter Vorweisung einer Depesche, derzufolge fünfhundert Mark aus Dresden an ihn unterwegs seien, klug verteilt abgenommen hatte.

Diese Depesche hatte er telephonisch von jenem Fräulein bestellt, das ihm nun auf dem Schlesischen Bahnhof um den Hals und auf der Straße schon auf die Nerven fiel, da sie unausgesetzt die Anschauung vertrat, hintergangen worden zu sein.

„Hätte ich dich in diesem Fall kommen lassen?" Nierenräumer beseufzte die Schwierigkeit, ein ruhiges unregelmäßiges Leben führen zu können.

„Du bist eben schon fertig in Breslau."

„Richtig. Dort bin ich fertig."

„Außerdem bist du erst seit vierzehn Tagen von Dresden weg und nicht schon seit drei Wochen."

„Lydia, ich bitte dich um eins: gehe nicht meinen Spuren nach, sondern folge dem Zuge deines Herzens."

„Wenn du glaubst, daß du mich wieder mit solchen Alfanzereien fängst, dann täuschst du dich."

„Warum bist du denn nicht in Dresden geblieben?" Nierenräumer wurde schon alles egal.

„Niri!" Lydias Blick verschleierte sich unerwartet. „Du bist doch meine große Schwäche. Das weißt du nur zu gut. Sag mir bitte jetzt bloß, was du in diesen acht Tagen in Dresden gemacht hast."

„Pläne."

„Das glaub, wer mag."

„Mag!"

„Niri!"

„Hier!" Nierenräumer, am Rande seiner Geduld, zeigte ein pralles Portefeuille, in dem sich jedoch für alle Fälle nur fünfhundert Mark befanden.

„Du warst also wirklich nicht mit der Rosa?"

Nierenräumer schwieg verächtlich.

Das imponierte Lydia zum Teil; zum Teil überredete sie sich, es wäre ein Beweis seiner Treue. Und sofort fiel ihr etwas ein, das sie endgültig überzeugte: „O, du hast ja bei Klunger einmal auf dem Billard geschlafen. Das hat mir Gustl erzählt. O, du warst also doch nicht mit der Rosa!"

Nierenräumer zwang sich mühselig, keine Mimik aufzuweisen, und nahm Lydias Arm fest an sich. ,,Hör mal! Du erinnerst dich wohl noch an den Truc, den ich mit dir in der Kaiser-Bar in Dresden loslassen wollte. Jetzt ist das Handgeld dazu da. Ich glaube, die Kolibri-Bar in der Motzstraße wäre das geeignetste Lokal.“

,,Glaubst du, Liebling?“

Angelisches

Tarrish gähnte sperrangelweit.

Manse jammerte leise. Plötzlich aber bekam sein gelbliches Balkangesicht Ölfarben. ,,Tarrish, du könntest mir Ange einmal borgen."

Tarrish, von je ein Unhold, zwinkerte geringschätzig. ,,Borgen? Nachgeschmissen kriegst du sie!" Hierauf aber legte ein erfreulicher Einfall einen zarten Schleier um seine alten Augen. ,,Hm, hier ließe sich eine überaus ergötzliche Kombination besorgen."

,,Ergötzlich sagst du, Edler?" Manses erhöhtes Lebensgefühl äußerte sich stets hoftheaterhaft.

,,Ergötzlich, mein Freund, durchaus!" Tarrish lächelte pfiffig. ,,Ange ist nämlich nicht nur maskulin sehr bedürftig, sondern auch . . . Du ahnst es nicht, aber das gibt es . . . von astraler Demut."

,,Type: kniefällige Schnepfe!"

,,Du sagst es, Freund. Hier blüht unermeßlich Heiterwolkiges."

Und sie berieten voll Eifer und einigten sich auf das Stichwort ‚Corriere della Sera'. Das Leben hatte für sie einen Abend lang wieder einen Sinn bekommen . . .

Ange, halb Mignon halb Israel in den Zügen, beliebte andern Nachts sogleich Sphinxhaftes, als Tarrish ihr Manses schwarzen Haarschopf an den Kaffeehaustisch plazierte.

Manse, darob durchaus nicht eingeschüchtert, gehabte sich balkaneskest. Resultat: Anges Rätselhaftigkeit verdünnte sich zusehends und verkicherte schließlich straks.

Tarrish warf dieserhalb die ‚Vie parisienne', gegen deren Gelesenwerden Ange sonst stets böse Mundwinkel spitzte, mit den Worten auf den Nebentisch: ,,Ein süßer Junge, dieser Manse, was?"

Anges samtnes Auge beblitzte ihn vorwurfsspritzend.

Tarrish, seiner Kennerschaft sicher, sagte leise: ,,Und doch."

Manse wackelte nunmehr überhaupt nur noch und verpulverte seine sämtlichen in Sofia und Paris wohl aufgefüllten Witz- und Geistreservoirs, fast allzu sichtlich Verheißungsvolles erzielend.

Auf dem Wege nach ihrer Wohnung, wohin sie zum Tee gelockt hatte, watschelte Ange denn auch, wiewohl zwischen Tarrish und

Manse, dennoch um vieles mehr an Manses Flügel; bremste schon auf der Treppe, um, von Tarrish unbeobachtet, Manse bestolpern zu können, was dieser multipliziert gelingen ließ; und drängte ihn, in ihrem Boudoir angelangt, schnell auf ein schmales Sofa und sich so daneben, daß Tarrish Outsider blieb.

Alsbald schleckerte man Tee und Süßes und begrüßte Tarrish' Vorschlag, für die Dauer einer Nacht Bruderschaft sich zu leisten, voll Jubel, ja repetierte die labiale Ausführung voll Ausdauer so lange, bis es derart auffiel, daß es schon egal war.

Gleichwohl glaubte Ange stoppen zu müssen, indem sie sehr energisch eigene Dichtereien daherdeklamierte, die erklärlicher Weise sehr unanakreontisch verliefen.

Dies und der Umstand, daß die Imponage so rundweg ausblieb, störten sie doch einigermaßen und drängten sie zur Weltanschauungswahl, die angesichts der allseits begehrlichen Lippen, inklusive die eigenen, schwerlich astral ausfallen konnte.

Manse wagte deshalb einen Dreiminutenkuß in Phantasiepakkung; und Tarrish, an die Reihe und in eine ähnliche Lage gekommen, entleerte einen Schluck Wein geübt durch die Lippen der vergeblich sich entsetzt Gebärdenden.

Durch diese sinnigen Amüsements wurde der Zwang zur Wahl einer eindeutigen Haltung Ange immer peinigender.

Zur Selbstbestärkung verlas sie deshalb einen Liebesbrief, der ihn nicht erreicht hatte, Tarrish aber jetzt, von feuchten Augenaufschlägen unterstrichen, geschenkt ward, und zog, abermals wirkungsunbefriedigt, sechsmal, des Kniffes kundig, Herz-As aus einem Spiel, sich nach jedem Zug extatisch vor Jubel über diese Schickung in das Sofa wühlend, um Tarrish das Astrale zu demonstrieren.

Tarrish hielt die Gelegenheit für günstig und bat mit zart gewichster Stimme um eine sehr bestimmte Wunscherfüllung.

Ange neigte, eh' schon wissend, das Ohr, hörte Manses wegen mimiklos zu und schüttelte ebendeswegen das bereits dérangierte Haupt.

„Ich biete zwanzig Francs!" rief Tarrish wirklich ärgerlich und in planlosem Mutwillen.

Ange, die innerliche Tarrish für diese Frechheit einen entzückten Blick widmete, konnte nun doch nicht das Astrale derart ruchlos preisgeben. Sie taumelte verstört auf und, wie in sämtlichen Parallaxen ausgehoben, an die Sofawand zurück.

Erstaunlicher Weise gelang ihr ein komplettes Erblassen.

Manse, dem dieser tolle Grad von Kippung neu war, wunderte sich baß und wurde unsicher, ja fast unwillig.

Tarrish zwinkerte ihn zur Haltung.

Manse, schnell wieder auf seiner Höhe, hielt es für das Sturmzeichen und holte sich Anges Busen.

Da Tarrish dem wenn auch matt gearbeiteten Wehren Anges ansah, daß es nur auf ihn projiziert war, bekam er hörbar Hunger und begab sich unverzüglich in die Küche, wo er, mit der Örtlichkeit wohl vertraut, eine halbe Stunde lang vielerlei vergnügt in sich baute . . .

Manse und Ange saßen bei seinem Eintritt schweigend und direkt wie im Traum neben einander auf dem Sofa.

Tarrish strahlte und lobte Wurst und Käse.

Manse, ohnedies einer Kräftigung sehr zugetan, enteilte ungesäumt.

Tarrish näherte sich vorzüglich.

„Glaubst du, daß Manse mich liebt?“ beflötete ihn Ange listig, jedoch allerkeuschest blickend.

„Möglich. Sogar wahrscheinlich,“ hauchte Tarrish und forderte ungeniert seine Wunscherfüllung.

Ange entfloh engelsgleich.

Tarrish, in plötzlicher Besorgnis, es könnte ihm nicht glücken, exhibitionierte. Mit Erfolg . . .

Als Manse später sich zur Tür hereinwand, blies ihm Tarrish das Stichwort zu: „Corriere della Sera!“

„Corriere della Sera!“ wiederholte Manse, grinsend wie der ganze Balkan an einem Sonntag.

Ange beliebte augenblicks Sphinxhaftes, was in Ansehung des doppelseitig Stattgefundenen immerhin Fassung bekundete, und raste zu ihrer Beruhigung todesverachtungsvoll eine Viertelstunde lang Edgar Allan Poës schöne Legende ‚Heureka‘ herunter, dieweil Tarrish und Manse sich mit den Augen genießerisch die Hände rieben.

Aber es half Ange nichts. Die plötzlich aufbrechende Wut darüber, sich so sehr blamiert zu haben, ergoß sich in einen Weinkrampf. Nach wenigen Minuten schrie sie nurmehr.

Manse, dessen Nerven vor einer Explosion hielten, drückte sich wortlos; nach ihm Tarrish, der jämmerlich Winselnden zuflüsternd: „Manse liebt dich sicherlich wahrhaft.“

Eine chinesische Teetasse, die ihm deshalb nachsauste, barst sich und einen hübschen Spiegel in Stücke . . .

Auf der Straße ächzte Manse schwer in sich hinein.

Tarrish, besorgt um den so Erschütterten, schwang ihm den Arm um die Schultern. ,,Mensch, faß dich!"

Manse brauchte noch einige Zeit, um sich soweit zu erholen, daß er unter fließenden Tränen zu stöhnen vermochte: ,,Sie wollte . . . mich nämlich . . . nachher von ihrer reinen . . . Liebe überzeugen, indem sie . . . auf die Knie fiel und plötzlich anfing . . . Du ahnst es nicht, aber das gibt es . . . – zu Jehova zu beten . . . Quelle vache!"

,,Genau wie bei mir!" Tarrish hielt sich die Hüften.

Manse versagte alles Weitere. Sein Zwerchfell schmerzte.

Tarrish winselte.

Die Betörung der Excentrique Fanoche

fand durch Alois statt, welcher hinten Srb hieß, aber sehr weitsichtiger Weise seinen Vornamen für hoffnungserweckender hielt als jedes noch so kühn gebaute Pseudonym. Überdies war Alois, dessen Nase in zart slawischer Breite gen Himmel wies, zweifellos tschechischer Abstammung.

Nicht solches war es jedoch, was die von sämtlichen Finessen, Trucs und Hautfarben durchaus gelangweilte Excentrique Fanoche auf Alois aufmerksam machte, sondern ein an sich nicht sehr ungewöhnlicher Vorfall.

Am Abend der Première in der Alhambra hatte nämlich Alois in jenem höchsten Augenblick der Darbietungen der Fanoche, als sie eben mit herzbeklemmender Komik süß ins Publikum refrainte: „O mon chéri, donne-moi un petit signe!“ – in diesem wahrlich herausfordernden Moment hatte Alois, lediglich aber infolge eines kurz zuvor verzehrten Paprika-Gjulasches, ganz fürchterlich gerülpst.

Eine kurze Konsternation des ganzen Saales erfolgte und sofort darauf ein betäubendes Gebrüll.

Alois erhob sich vergnügt und sogar fast graziös von seinem im Tauschverkehr gegen einen alten Spazierstock erworbenen Parkettsitz und verneigte sich gelassen gegen das ihm huldigende Publikum; die Fanoche, entzückt und dankbar, von Alois.

Diese Verbeugung wollte ihm während der folgenden Nummern nicht aus den Sinnen, die ohnedies gewissermaßen geweckt worden waren. Sie hing ihm gleichsam vor Nase und Mund. Er grübelte, seufzte leise und pfiff ganz dünn in den Momenten hoffnungsvoller Reflexionen.

Neugierig und schüchtern zugleich wartete er nach Schluß der Vorstellung in jenem Bühneneingang, von dem er annahm, daß die Fanoche ihn passieren mußte.

Als sie dies endlich tat, mußte er, sei es aus Verlegenheit, sei es assoziativ, sei es gjulaschesk, abermals rülpsen.

Die Fanoche, die ihn naturgemäß daran wiedererkannte, näherte sich ihm darob lächelnd und schenkelsicher. „Du arbeitest gut, mein Freund. Du könntest das jeden Abend machen. Ich würde dir immer ein Billett geben. Willst du?“ Dabei blies sie ihm kokett auf die Nase.

Alois, dessen slawisch behende Natur sofort erkannte, daß in dieser Offerte nicht nur die Möglichkeit ruhte, das Schneidergewerbe aufzugeben, sondern vielleicht sogar die Fanoche selber, nickte so sonderbar unbeholfen, daß es mehr herablassend, ja fast frech sich ausnahm.

Die Fanoche wunderte sich leicht: „Du heißt?"

„Alois."

Die Fanoche lächelte seltsam und biß ein wenig an ihrer schweren wildgeschweiften Unterlippe. Dieser Name roch für sie absonderlich, neu, lasterhaft, verschlagen. „Und deine Adresse?"

Alois genierte sich, die Rue Lépic zu nennen. „Hinterlegen Sie das Billett im Café, bei Robert."

„Gut." Sie stieß ihm jovial die Kniescheibe an den Bauch. „Au revoir, mon cher."

So endete der Anfang. Das Ende begann nach drei Tagen. Schon.

Denn der tägliche Varietébesuch, der steigende Rülpserfolg, das joviale Blasen und Kniestoßen der Fanoche und schließlich die geradezu immense Hochachtung, die der Kellner Robert ihm gegenüber bekundete, brachten Alois, der außerordentlich begabt, nur noch unerfahren war, mit einem Schlag auf die Höhe seiner schlummernden Fähigkeiten.

Den Schlag erhielt er im Bühneneingang nach der Vorstellung von Réal, einem Fanoche-Interessenten lockerster Art, auf den Hinterkopf.

Doch Alois' Selbstgefühl, das diesen Schlag noch vor drei Tagen sicherlich stumm eingesteckt hätte, war inzwischen mächtig gestiegen. Und so geschah das gänzlich Unerwartete, daß Réal, der allseits schwer Gefürchtete, eine entsetzliche, so recht tschechische Watschen bekam.

Während der gräßlichen Prügelei, die sofort begann und die Réals wegen niemand zu bremsen wagte, erschien die Fanoche und sah angenehm erregt zu; bald aber neugierig lüstern; und schließlich, als Alois' Hiebe immer wilder niederprasselten, feuchten Auges und zitterfingrig.

Réals Kraft erlahmte.

Alois, der Fanoche längst begeistert gesichtet hatte, beschoß, seinen Sieg mit einem seiner Gönnerin würdigen Coup zu krönen. Er packte Réal plötzlich im Klimmzug, riß ihn hoch und schleuderte ihn mit einer Kraft, deren ihn nur die heiß gewordenen Augen der Fanoche fähig werden ließen, auf einen in der Nähe stehenden Kulissenberg, der denn auch prompt zerbrach und Réal, den schwer Gefürchteten, knatternd und knarrend in sich begrub.

Alois hatte einen Riesenerfolg. Man klatschte, jauchzte, sang und schrie. Zwischendurch wurde der Name Alois mit Ehrfurcht genannt; von Fanoche mit rührender Zärtlichkeit, die jedoch Alois, als sie ihn zu streicheln versuchte, brüsk zurückwies.

Hier offenbarte sich seine außerordentliche Begabung.

Die Fanoche, auf solches am letzten gefaßt, fuhr sich mit dem Handrücken über die Augen, als wollte sie eine unmögliche Halluzination verscheuchen, und geriet, ohnehin durch das vorhergegangene Schauspiel tief erregt, endlich völlig außer sich. Sie begütigte, stammelte, bat, beschwor . . .

Alois blieb hart, stieß sie eigensinnig immer wieder von sich und beschäftigte sich ausschließlich mit der Instandsetzung seines einigermaßen ramponierten Anzuges.

Die Fanoche, die sich nun nicht mehr zu helfen wußte und vor den herumstehenden Gaffern und Kollegen blamiert sah, wurde wütend und begann Alois in unglaublicher, nur ihrer Garonner Zunge geläufiger Weise zu beschimpfen.

Alois stutzte einen Augenblick. Dann aber zuckte es spitz in seinem breiten Gesicht auf. Er fühlte seinen unsäglichen Triumph und – schlug.

Die Rauferei, die nun folgte, unterschied sich freilich wesentlich von der vorhergegangenen. Alois beschränkte sich tunlichst auf eine kraftvolle Verteidigung. Immer, wenn Fanoche ein Hieb geglückt war, schrie sie vor Schmerz auf. Als sie, zerzaust, zerrissen und zerkratzt, wimmernd zu Boden sank, stürzte ein Hohngelächter ohnegleichen über sie hin.

Das brachte Alois zu sich und auf einen für einen Neuling wirklich bemerkenswerten Ausweg.

Er packte Fanoche um den Leib, trug sie auf die Straße, warf sie in ein Taxi und fuhr mit ihr in die Rue Lépic.

Unterwegs blieb die Fanoche, ein Gemisch von Wut und Neugier, Haß und Begierde, trotzig und regungslos mit geschlossenen Augen liegen.

Sie öffnete sie erst, als sie sich auf ein Bett gelegt fühlte, und wunderte sich durchaus nicht, sich in einer Mansarde übelsten Pariser Genres zu befinden.

Alois wusch sich über einem Blechtopf, der auf einer Kiste stand, zog sich langsam vor einem Scherben Spiegel einen Scheitel und blickte zwischendurch scheu und interessiert auf Fanoche, die bereits sachte ihren Schlager vor sich hin pfiff.

Als sie zu dem Refrain kam: ,,O mon chéri, donne-moi un petit signe!", rülpste Alois kräftig und lachte sein breitestes slawisches Lachen. Und auch die Fanoche lachte . . .

Am nächsten Morgen frühstückten sie, achtungsvoll und orientiert bedient, im Café de la Place Blanche, und als die Zigaretten in den Mundwinkeln baumelten, wurde nochmals besprochen, was nachts beschlossen worden war: daß Alois das Schneidergewerbe aufgeben müsse, nicht ohne sich zuvor eine kleine Garderobe, zu der Fanoche die Stoffe beizusteuern sich verpflichtete, verfertigt zu haben, und daß er seine Rülpsrolle, von nun an gegen Taschengeld, weiterzuspielen habe, bis sich eine passende Gelegenheit biete, ihn als Komiker oder wenigstens als Komparse zu managen . . .

Während dieser Repetition blickte die Fanoche, die von sämtlichen Finessen, Trucs und Hautfarben gelangweilte, leidenschaftlich in das arg zerschrammte Gesicht ihres Alois, dessen in zart slawischer Breite gen Himmel weisende Nase querüber einen breiten blutigen Riß trug.

Als die beiden bald darauf die Rue Fontaine hinabschlenderten, begegneten sie, da das Doppelmatch in der Alhambra in allen Montmartre-Lokalen das Nachtgespräch gewesen war, zahlreichen auffällig registrierenden Blicken. Die weiblichen Branche-Angehörigen freuten sich grinsend über den Hereinfall der Fanoche, die männlichen zeigten ihren Hohn durch lächerliche Höflichkeit und ein stattlicher unbeteiligter Rest spottete ganz ungeniert.

Alois aber war ein gemachter Mann.

Noch am selben Abend ließ ihm Canette Rasolla von den „Quat' z arts" durch Robert ein Billett zustecken, in dem sie ihm ein Rendez-vous offerierte und noch einiges . . .

Und vierundzwanzig Stunden später fand die zweite Rauferei zwischen Alois und der Fanoche statt, die schlankweg gänzlich von ihm betört war.

Trübe Sache

Von jenem Moment an, da van Brenken ihm in die Augen gesehen hatte, spielte Mister Kossick schlecht. Der unüberwindbare Spielereigensinn ließ ihn jedoch nicht aufhören.

,,Sie werden im Vestibül erwartet," log van Brenken ohne alle Überlegung, lediglich aus Neugierde, Schadenfreude und vagem Interesse.

Mister Kossick wandte sich schnell um, den Mund zu einem Lächeln bereit. Als er aber die Augen von vorher erkannte, zuckten seine Brauen kurz zusammen. ,,Thank you." Gleichwohl trat er vom Spieltisch weg und ging die Treppe hinunter.

Van Brenken folgte ihm, ohne Schwierigkeiten zu haben, unbemerkt zu bleiben, sah ihn einige flüchtige Blicke um sich tun und dann achselzuckend in das Casino-Café eintreten.

,,Tag, Max." Jemand stellte sich van Brenken blitzschnell von der Seite her in den Weg.

,,Lotte, du?" Doch sofort packte er ungestüm ihren Arm. ,,Pst! Ich heiße Adrien van Brenken."

,,Anjenehm. Ik Winnie Sounders."

,,Old England, wat?"

,,Jawoll ja, du Holländer. Biste in Not?"

Beide hatten erkleckliche Mühe, die erkorene Haltung zu wahren.

Nach zehn Minuten war die Branchefreude abgeebbt, aber bereits neue Kumpanschaft angezwirnt: Winnie schwibbelte in das Casino-Café, direkt auf Mister Kossik zu.

Van Brenken, wohlversorgt vor einer Eis-Grenadine hinter einer übermannsdicken Säule einer- und dem ,Temps', da besonders flächig, andererseits, äugte scharf und unentwegt durch ein frisch gebranntes Zigarettenloch:

Winnie und Mister Kossick saßen bereits eng an einander gepreßt und besprudelten sich eifrig. Bald wurde denn auch eine Hand Mister Kossicks und schließlich auch eine Winnies konstant unsichtbar.

Van Brenken bestellte, herablassender als vordem, einen Cherry-Brandy-Flip, da er Winnie nun schon das vierte Gemixte verschleckern sah, und war überzeugt, in wenigen Tagen bereits das erforderliche Wurfgeld für den Spielsaal zu haben und dann – Lugano und die Schweiz hinter sich.

Als die beiden nach zwei Stunden das Café verließen, war van Brenkens Geduld mehrmals geflickt worden, und als sie, nach einer raschen Fahrt über den See, im Parkhotel verschwunden waren, ohne daß Winnie, nach vier Stunden Wartens, auch nur das kleinste Zeichen von sich gegeben hatte, unheilbar gerissen. Van Brenken erhob sich grunzend von seiner Bretterbank, ordnete seine verknitterten Beine und strauchelte bleich davon . . .

Andern Tags erschien Winnie sehr spät, machte dafür aber sofort sehr geheimnisvolle Gesten, die van Brenken trotz jahrelanger Übung nicht sogleich zu deuten vermochte.

„Allan . . . Mister Kossick steht unter den Arkaden. Nachjegangen." Winnie lachte hierauf heftig.

Augenblicks begann van Brenken zu schlendern, zu causieren, Winnie entzückt zu betrachten etc., welches Bild Winnie mit kokett arrangierten Körperwendungen, zierlichen Gesten und Sonnenschirmdrehungen vervollständigte.

Zwischendurch aber verständigte man sich:

„Das Ekel will nich nach Paris. Wat sachste!" Winnie war empört.

„Will nicht? Er muß! Aber wie war's denn? Warum kein Zeichen?"

„Ich konnte nich ab. Jut jetafelt, nischt weiter."

Irgendetwas im Ton Winnies aber gefiel van Brenken nicht. Sofort entschlossen, sondierte er: „Du bist zu spät fort. Das war ein Fehler."

„Ach wieso. Du weißt doch, daß man nicht immer gleich drükken kann. Langsam, aber sicher. Nebenbei jesagt, bin ich schon um zwölf weg."

‚Trübe Sache!' Van Brenken hatte bis zwei Uhr nachts gewartet und wußte genug. Er kürzte die Unterredung, indem er heuchelte, einen neuen, ganz besonderen Plan zu haben, der bald ausgeführt, ihr aber nicht so rasch erklärt werden könne, und schickte sie Mister Kossick unter die Arkaden: sie möge sich nur auf ihn verlassen.

Van Brenken beschoß, eine Depesche an Winnie aufzugeben, um sie auf die sicherste Probe zu stellen. Unterwegs verwarf er dieses Vorgehen, faßte einen neuen Entschluß, verwarf auch diesen und entschied sich endlich, noch bis morgen zu warten.

Auf dem Quai Paradiso aber begrüßte ihn plötzlich sehr ernst Mister Kossick und bat ihn, noch ernster, mit ihm ein wenig zu promenieren.

,,Excuse me,“ begann Mister Kossick nach kurzem Schweigen. ,,Ich Sie nicht habe noch gedankt for Ihre Freundlichkeit to gestern. Aber Sie begreifen und Sie hatten eine so sonderbares Blick. Sie kennen auch Winnie. Deshalb ich Sie habe angesprochen. Ich habe gemacht ihres Bekanntschaft in Trouville das vorige Sommer. Sie sein gewesen sehr nett. Sie haben jetzt verändert.“ Er hielt inne, um die Wirkung dieser vorsichtigen Worte abzuwarten.

Van Brenken machte sofort in Gentlemanlike: ,,Hätte ich Sie persönlich gekannt, so hätte ich selbstverständlich Winnies Bitte, Ihnen mitzuteilen, daß sie Sie erwarte, nicht erfüllt. So aber konnte ich sie einer Frau, die – einmal sehr nett war, nicht abschlagen.“

„Yes. Ich verstehe. Sie haben recht ... Allan Kossick ist mein Name.“

Van Brenken nannte den seinen, sich lässig ein wenig verneigend, und blieb gleichfalls stehen.

Mister Kossick lächelte vornehm. ,,Ich habe Winnie vor mehrere Minuten weggeschickt. For ever. Ich wissen jetzt, daß sie mich schon hat hintergegangen in Trouville und hier sie mich hat wieder hintergegangen. Ich habe ihr gegeben 250 Francs und sie hat mir gestohlen noch 600. Sie soll sie haben. Aber ich habe sie Angst gemacht. Und sie hat sehr schlecht geredet von Sie und mich gewollt überreden, mit ihr wegzufahren nach Mailand, weil Sie sie belästigen . . . Ich wissen nicht alles das da, was sie sagte, aber ich glaube . . .“ Mister Kossick lächelte immer noch.

Van Brenken übertrieb seine Überraschung um das Dreifache und tat, als faßte er sich dementsprechend schwer. ,,Ich danke Ihnen sehr, Mister Kossick, für Ihre liebenswürdige Orientierung, nach der ich mich zu richten wissen werde, und hoffe, noch das Vergnügen zu haben.“

,,Thank you. Ich werden sein froh, wenn Sie mir einmal im Hotel besuchen.“

Kaum allein, raste van Brenken in Winnies Pension: Winnie war seit gestern nicht nach Hause gekommen.

Van Brenken raste in sein Hotel: Winnie saß in seinem Zimmer, rauchte gemächlich und trank Tee.

,,Endlich! Wir müssen fort! Und zwar augenblicklich!“ Winnie stand wichtig und sicher auf.

Van Brenken setzte sich ruhig. ,,Warum?"

,,Ich habe ihm soeben vier Blaue jeklaut. Hier!" Winnie ließ vier Hundertfrancs-Scheine flattern.

,,Sauluder!" Van Brenken entriß ihr die Scheine, gab ihr eine knallende Ohrfeige und warf sie aus dem Zimmer, Jacke, Hut und Schirm hinterdrein.

Dann lauschte er. Winnie, die doch so klug gewesen war, nicht zu schreien, blieb einige Zeit lautlos im Gang stehen; schließlich schlich sie davon.

Van Brenken aber überlegte, welchen Anzug er für den Besuch, den er Mister Kossick nachmittags machen wollte, wählen sollte und wie er ihm das erforderliche Wurfgeld für Campione herauslocken könnte.

Meg, der Troublist

,,Sind Sie vielleicht Nihilist?" Pacci wollte nichts unversucht lassen.

,,O weh!" Meg klopfte unendlich verächtlich die Asche von seiner Zigarette.

,,Irgendeine Verdeutlichung Ihres Zustandes ist aber doch wohl möglich."

,,Ach, alles ist so verworren . . . Le grand trouble . . . Übrigens, je kleiner er wird, desto schlimmer . . . Wenn Sie durchaus ein Wort wollen, voilà, Troublist! Das bin ich!"

,,Troublist?" Paccis Lippen verharrten zart geklafft.

Meg winkte verdrießlich ab.

Mit einem Mal aber lachten beide laut auf. Irgendetwas war zwischen ihnen eingefallen. Sie stapften, die Hände in den Hosentaschen, rauchend und lächelnd mit großen Schritten im Zimmer auf und ab.

Zwei Minuten. Dann spannte sich alles wieder. Sie gingen langsamer, zogen die Hände aus den Taschen und blieben schließlich fast gleichzeitig stehen.

Megs Zungenspitze sauste zwischen den Zähnen hin und her. Er grinste darüber, unterließ es aber nicht.

,,Lassen Sie das aus. Zwischen uns sind das – Unterdinge, Pausenbehelfe . . ."

,,Sehr unklar," brummte Meg vergnügt.

,,Desto besser – für etwas Unklares." Pacci war ein wenig unbehaglich.

,,Le grand trouble!"

,,Hein?"

Angenehmer Weise läutete es.

Noch bevor Pacci wieder eingetreten war, stürmte ein kleiner Herr ins Zimmer, gerade vor Meg hin, dem er die klobige rotbehandschuhte Faust unter die Nase schwang. Er war jedoch so sehr erregt, daß er vorerst lediglich zu prusten und zu fuchteln vermochte.

Zur Vorsicht umarmte ihn Pacci noch vor der Ankunft von Megs erhobener Handfläche und zerrte ihn auf einen Stuhl nieder.

Meg lehnte sich mit verschränkten Armen an die Wand.

„Saligaud! Schürk!“ Herr Lapu schnaubte vor Wut.

„Das ist Ihre höchstpersönliche Auffassung.“ Meg schmatzte beabsichtigt vernehmlich.

„Was gibt es denn eigentlich?“ fragte Pacci mit versöhnlicher Stimme.

„Ah!“ Lapu hopste plötzlich aus Paccis Armen hoch. Sein rundliches Köpfchen zuckte mehrmals komisch. „Du werden sehen, du Hund! Du werden sehen, saligaud! . . . Ah non . . . Ja, das wird sein besser!“ Lapu torkelte, ein überlebensgroßer Mops, hastig hinaus.

Pacci blickte Meg heftig eine Frage ins Gesicht.

Meg besog, ohne diesem Blick auszuweichen, unentwegt seine Zigarette und schmunzelte, als sie sachte erglomm.

„Wer ist denn nur das Kerlchen?“

Meg hustete freundlich. „Ich sagte einmal zu ihm: ‚Solange Sie Ihrer Mama Briefe schreiben, werden Sie nie so nonchalant Schulden machen wie Gibsi‘.“

„Nun?“

„Nun schrieb das Kamel Postkarten und wird bald den Offenbarungseid leisten.“

„Ja und?“

„Und mancher, den man mit der Nase in den eigenen Gehirndreck drückt, hält ihn ebendeshalb erst recht für Marmelade.“

„Spaß à part, was ist mit Gibsi?“

„Zudem sagte ich ihm oft, daß Liebe ein Leichtsinn ist, wenn man keine Anlage zu ihm hat.“

„Also doch Gibsi. Er liebt sie?“

„Metaphysisch.“ Meg rollte sich schnurrend auf die Chaiselongue.

„Diese achtäugige Kartoffel?“

Mitten in das Gelächter der beiden polterte Lapu. An der Hand schleifte er Gibsi nach, die sich zischend wand und, ohne daß er es gewahrte, in Zwischenräumen seinen Rock bespie.

Beim Anblick Gibsis, die sofort um Hilfe piepste, schnellte sich Meg auf Lapus Handgelenk, erhielt gleichzeitig dessen Kopf vor den Bauch gestoßen, drückte ihn jedoch sofort mit der freien Hand hinunter, bis er ihn zwischen die Beine stecken konnte, und befreite nun Gibsis Hand durch eine kleine Drehung, die aber gleichwohl Lapu schrill aufkreischen ließ.

Gibsi hüpfte augenblicks unter Benützung eines Stuhles auf eine Kommode und schrie: „Meg, er ist vollständig übergeschnappt, dieser Esel!"

Meg beförderte mit ein paar schnellen Griffen Lapu rücklings auf die Chaiselongue, von der dieser jedoch, einmal im Schwung, auf den Boden gegen die Mauer kollerte.

Sofort schob Meg die Chaiselonque quer vor die Ecke und stülpte einen Tisch, den er an den Beinen festhielt, darauf, so daß Lapu, eingeklemmt ächzte.

„Gibsi, steig auf den Schrank!" kommandierte Meg.

„C'est ça." Gibsi gehorchte entzückt.

Lapu begann speichelspritzend zu schimpfen, um sich zu schlagen und sich völlig närrisch zu gebärden.

„Pacci, reich mir die Kommode!" brüllte Meg, genießerisch die Zähne fletschend.

Pacci tat es begeistert keuchend. Er hielt den Tisch, während Meg die Kommode daranschob.

Nachdem Meg die Haltbarkeit seiner Barrikade geprüft hatte, setzte er sich, nahm eine neue Zigarette und pfiff die Carmagnole.

Pacci und Gibsi lachten unbändig.

Meg mußte länger als eine Viertelstunde pfeifen, bis Lapu endlich die Luft ausging und Gibsi, mit ihrer Lage längst nicht mehr zufrieden, zu schweigen beliebte.

Nach einigen Sekunden absoluter Stille fragte Meg höflich: „Nun, Lapu, was gibt es denn eigentlich?"

Lapu knurrte.

„Bitte nicht so laut."

Gibsi schrie auf.

„Sie Monsieur da hinten!" quietschte Lapu mit dem Rest seiner Lungenkraft Pacci zu. „Er mich hat vernichtet bei meine Familie, er mich hat verkuppelt mit diese Räuberin von Gibsi, er mir hat gegeben miserable Räter und dann er hat mich beschimpft und heruntergetan und ausgehöhnt und bestehlen lassen von diese Räubertype-là Gibsi . . . J'en ai assez, assez . . . Und jetzt unten im Café sie hat gesagt, ich habe kein Talent zum Hochstapelei. Und Meg hat gesagt, daß ich es dazu habe, das Talent. Er mich hat vernichtet, und Gibsi mich hat bestohlen, betrogen, o . . ."

„Menteur! Cochon! C'est rigolo! Ce cochon-là!" schmetterte Gibsi von ihrem Schrank zutal.

Meg ließ einen ergötzten Blick zu Gibsi emporgelangen, die sich unter ihm durchaus nicht beruhigte. Dann sagte er langsam: „Die Cooks sind nun zwar gestiegen, dennoch aber bin ich der Meinung, daß man, wenn man schon eine Schottin liebt, die nicht so ohne weiteres abgefaßt werden kann, so weise sein sollte, die Transzendenz nicht ins Geschäftsleben einzuführen, während doch immerhin der wahre Segen der großen Unternehmungen nur auf dem Pflaster der Leisetreter so gedeihen kann, wie bessere Ausländer dies in Anbetracht ihrer mangelhaften Kehlkopfenergie erklärlicher Weise sich wünschen mögen. Hochstapelei ist schließlich keine vierprozentige Staatsobligation und eine Dame, die nicht betrügt, zweifellos so unbenützbar wie ein Schuh, der überhaupt nicht dem gehört, den er drückt. Wie gesagt, man achte sehr genau auf die Ekliptik der eigenen Schwingungszentren, bevor man sich aufs Ungewisse hin in Bewegungen einläßt, deren Mahlzeiten eines Tages unerschwinglich sein können, wenn man nicht . . . Ich hoffe, man versteht mich."

Lapu, der eigenartig still geworden war, nickte matt mit dem Kopf und fragte schüchtern: „Monsieur Meg, ich habe also wirklich kein Talent . . .?"

„Sie können den Anforderungen der modernen Schwierigkeiten nur entsprechen, wenn Sie sich dazu entschließen, sich endlich schwieriger aufzufassen."

„Meg," rief Gibsi wehmütig, „das dauert wieder ein paar Stunden. Laß mich doch herunter."

Meg rührte sich nicht, während er sagte: „Es ist nicht leicht, Geschwindigkeiten ein gutes Gewissen zu besorgen. Besonders aber, wenn man es nicht für ein Requisit hält, mit dem man vorwärts kommt."

Pacci, der immer größere Mühe hatte, den aufmerksamen Beobachter darzustellen, hob, vielleicht um sich Bewegung zu machen, einen Zeigefinger.

Diesen ergriff Meg, indem er blitzschnell aufsprang, und visperte: „Kommen Sie, wir trinken unten einen Apéro."

„Aber die beiden . . ."

Meg wandte sich um: „Meine Herrschaften, ich bitte Sie, zu warten, bis Herr Pacci und ich jenes Gespräch vorgenommen haben, welches ich mit Ihnen beiden bereits mehrmals vergeblich versuchte. Wir werden dann die Arbeit erledigen. Au revoir."

Hinter ihnen erscholl ein fürchterliches Duett.

„Gut." Meg strich vergnügt seinen Schnurrbart.

,,Sie hatten Ihren grand trouble, hein?"

,,Voilà, c'est le troublisme!"

,,Aber Ihr Vorteil?"

,,Anfänger! Ich werde Lapu nach einem langen Sermon fest ins Auge blicken und, nach der jetzt stattgefundenen immensen Schwächung, mit größter Leichtigkeit einblasen, daß er talentierter ist als ein simpler Hochstapler, – daß er Troublist ist."

Pacci gluckste. ,,Und Gibsi?"

,,Vollkommen gleichgültig. Man nimmt sie ins Bett und alles ist in strahlendster – Unordnung."

Fräulein Annas folgenschwerstes Abenteuer

Es war an einem Sonntag unter den Zelten in Berlin, als Fräulein Anna plötzlich die Worte neben sich gelispelt hörte: „Ik bin wahrhaftig dafür, det man Jurkensalat nich zum Schuhreinigen vawendet."

An manches gewöhnt, da ihre Wiege auf dem Wedding gestanden war, blieb Fräulein Anna ohne jede Überraschung stehen und musterte den Frechling. „Wat wolln Se? Scheren Se sich jefälligst!"

Die Hände Guhlkes, der mit Verblüffungen noch stets am erfolgreichsten gearbeitet hatte, bewegten sich bereits unruhig an den Hosennähten, als könnten sie nur mühsam warten, nach etwas zu greifen. Dann äußerte er beherrscht: „Mein Name ist Guhlke. Fritz Guhlke. Ik bin Schiffsraseur beim Lloyd, sonst aber jesund und nich von jestern."

„Ik ooch nich. Aba anständig. Und nu scheren Se sich zum Deibel!"

„Jeben Se mich seine Adresse."

Fräulein Anna ließ einen verachtungstriefenden Blick auf Guhlkes Schulter tropfen und schritt kräftiger aus.

Guhlke hielt sich tapfer neben ihr, und da er erkennen mußte, daß seine übliche Schablone diesmal gänzlich versagte, zog er straks ein heftigeres, seltener benütztes Register. „Sagen Se, kenn Se Jundelfink?"

„Wat soll ik kenn?"

„Jundelfink."

„Kenn ik nich."

„Aba ik. Feiner Kerl. Och und valiebt in Sie, det et schon weißjott bedauerlich is," log Guhlke flott.

„Jundelfink ham Se jesagt? Det kann woll sin. Aba ik erinnre mir nich mehr jenau . . .

„Na, der lange Lulatsch von der Tempelhofer Fleischbank, der nie ohne Stehkragen ausjeht. Feiner Kerl."

„Davon hab ik Manschetten, Mutter." Dennoch begannen Neugier und Lüsternheit in den Fältchen um Fräulein Annas Augen zu nisten.

Guhlkes scharf lauernder Blick erhaschte dieses leise Fünkchen inneren Umschwungs und beblies es augenblicks, seinen Plan erweiternd: ,,Jestern abend, ik sitze jerade friedlich uff meinem humoristischen Körperteil, kommt die alte Schünemann zu mir, die Dame, bei die er uff Schlafstelle ist, und sagt: ,Guhlke, Pinke sollst du mich jeben, sonst jeht er vaschütt.' Jundelfink nämlich. Vaschütt? denke ik und Jundelfink?"

,,Ach, wat jeht mir Ihr Jundelfink an." Fräulein Annas frische Lippen warfen sich unwillig.

,,Viel, weißjott viel. Er hat sich 'n bißken Luft machen wollen, der Rotzjunge, mit nem Jasjebläse und nu is er anjebrannt. Die Kiste war leer, die Polente nich faul und nu hockt er im Speicher und sehnt sich nach nem bessern Expreß."

,,Nu sage ik Ihnen aba zum letzten Mal: scheren Se sich oder . . ." Fräulein Anna hatte nun immerhin so viel verstanden, um sich endlich unbehaglich zu fühlen.

,,Oder . . .? Danke Komma! Oder Se könn nich jenug achtjeben, det Se Ihre Briefe von Jundelfink zurückkriejen."

,,Briefe? Ik kenn den Kerl doch jar nich." Der weiße dicke Hals Fräulein Annas rötete sich fleckenweise. Die durch die Bluse hindurch sichtbaren Schulterknochen zuckten.

,,Na, na, na, na . . . Denken Se mal jenau nach. Im übrigen bin ik 'n juter Kerl und 'n Kavalier. Nur een Wort brauchen Se zu sajen, mein verehrtestes Fräulein und . . ."

Fräulein Annas schnell gestiegene Angst sagte dieses Wort und noch weit mehr, als sie mit Guhlke unterm Zelt Nr. 3 Platz genommen hatte.

Auf diese Weise erfuhr Guhlke von einer Liebschaft Fräulein Annas mit einem Kommis vom Warenhaus Tietz; wie er sie hintergangen, angepumpt und, nachdem sie die sechste Woche schwanger war, im Stich gelassen habe; und daß er Paul Bierbaum heiße, der Schuft. Weiter erfuhr Guhlke, daß der kürzlichst Verflossene ein eleganter Student vom Wittenbergplatz 2/II gewesen sei, der sich aber ebenfalls schlecht benommen habe, indem er ihr ein goldenes Armband schenkte, das gar nicht von Gold, sondern eine ganz gewöhnliche Imitation war, und überhaupt sie mehrmals versetzte, was ihren Stolz verletzte.

Kurz, Guhlke erfuhr sehr viel und zögerte deshalb nicht, die zwei Weißbiere Fräulein Annas zu begleichen. Abends aßen sie bei Aschinger, frequentierten hierauf ein Kino, hierauf ein Aschinger-Café und schließlich das Treppenzimmer Guhlkes in der Großen Frankfurter Straße.

Fräulein Anna verließ ihn gegen vier Uhr morgens, nachdem sie ihm fast freiwillig dreißig Mark, die sie bei sich trug, gegeben hatte, um Gundelfinks Abreise zu ermöglichen, und ohne auch nur ganz schüchtern versucht zu haben, Wert auf eine etwaige Begleitung zu legen, so sehr fürchtete sie, Guhlkes Unwillen zu erregen und ihre Briefe an Gundelfink etwa doch nicht zurückzuerhalten. Sie hielt Gundelfink längst für jenen langen Kerl, welcher vor einem halben Jahr wochenlang ihre Gunst mißbraucht hatte, und gar nicht Franz Nühler heißen sollte. Auch hatte sie deshalb, obwohl sie den Postweg vorgezogen hätte, einen Rendez-vous mit Guhlke am nächsten Sonntag im Tiergarten zugestimmt.

Die auf dieses Abenteuer folgende Woche füllte Guhlke mit zahlreichen Besuchen aus, die er durchwegs mit den Worten eröffnete: „Ich bin der Bruder von Fräulein Anna Pluscharski, Köchin bei Herrn Justizrat Mandelstuhl in der Röcknitzer Straße."

Als es Sonnabend war, hatte er sich bereits von Paul Bierbaum unter der harmlosen Drohung, bei Tietz Skandal zu machen, fünfzig Mark geholt; von Herrn stud. jur. Hans Thiessen Wittenbergplatz 2/II mit der Andeutung, ihn wegen Betrugs anzuzeigen und wegen Verführung außerdem, hundert Mark; von Franz Nühler eine Ohrfeige; und von Marie Hufke, die bei der Beseitigung der Bierbaumfolgen behilflich gewesen war, sämtliche Ersparnisse, hundertneunzig Mark, indem er sich dadurch sicherte, daß er ihr mitteilte, seine Schwester habe auf seine Veranlassung hin Berlin mit dem stilleren Erfurt vertauscht.

Tagsdarauf erschien er pünktlich und mit erhöhter Sorgfalt gekleidet im Tiergarten.

Fräulein Anna erwartete ihn bereits und verlangte sofort, und ohne seinen langwierigen Gruß zu erwidern, ihre Briefe an Gundelfink.

Guhlke erzählte leichthin, Gundelfink habe sie in einem Koffer verwahrt, der in Magdeburg stünde; er werde sie aber in einigen Wochen schicken, wenn er die erforderliche Ruhezeit in Hamburg hinter sich habe.

Fräulein Anna lächelte höchst sonderbar und zog mit ihrem knallroten Sonnenschirm spöttisch Kreise in den Sand.

Guhlke, ein wenig unsicher geworden, schlug einen Spaziergang in belebtere Teile des Tiergartens vor.

Plötzlich lachte Fräulein Anna hell auf und fuchtelte mit dem Sonnenschirm wild durch die Luft.

Guhlke hatte kaum Zeit, sich darüber zu wundern, als Franz Nühler hinter einem Baum hervor auf ihn zusprang, ihn so fest um die Handgelenke faßte, daß Stock und Glacéhandschuhe zu Boden fielen, und ihm zuzischte: ,,Nu hab ik dir, du Jauner! Und nu her mit die Jelder!"

Die Sache verhielt sich so: Fräulein Anna war zufällig Franz Nühler auf der Straße begegnet, der ihr höhnisch von ihrem unverschämten Bruder erzählt hatte; wenn sie sich noch einmal unterstehe, ihn bei Bekannten oder Verwandten zu verleumden, dann . . . Fräulein Anna, der sofort ein bestimmter Verdacht aufgestiegen war, hatte sich diesen Bruder beschreiben lassen und daraufhin nicht mehr gezweifelt. Man war deshalb übereingekommen, Fritz Guhlke Sonntag im Tiergarten abzufangen.

Der bärenstarke Nühler schleppte Guhlke in dessen Zimmer in der Großen Frankfurter Straße, nahm ihm daselbst sechzig Mark ab, einen Überzieher und ein Paar Schuhe und verabschiedete sich mit drohenden Gebärden.

Fräulein Anna, die auf der Straße vergnügt das Resultat abwartete, lief ihm lachend entgegen.

,,Der Jauner hat allens vermaust. Zehn Meter und det Zeugs da. Det is allens." Und an der nächsten Straßenecke verschwand Nühler.

Fräulein Anna blieb überrascht stehen; dann lehnte sie sich müde an die Wand und blickte traurig zum Himmel empor, als sie Guhlke an sich vorbeilaufen sah.

,,Lump! Jauner!" schrie sie ihm nach.

Guhlke blieb stehen und kam langsam auf sie zu: ,,Wat wünschen Se noch, meene Jnädigste?"

,,Meine dreißig Mark, du Lump!"

Gulke war sofort orientiert und grinste teuflisch. ,,Da muß schon een anderer anwackeln als dieser Bowist, um wat bei mich zu holen, du Jans."

,,Waaat?" Fräulein Anna schwang den Sonnenschirm über ihrem Haupt.

Guhlke entfernte sich lachend: er hatte doch noch sein Renommée gerettet.

Nach zwei Tagen aber war Marie Hufke, der die Geschichte doch nicht ganz geheuer vorkam, bei Fräulein Anna in der Küche erschienen.

Tableau. Das damit endete, daß die beiden sich in die Haare

gerieten, Geschirr zerschlugen und kreischend auf den Steinfliesen sich wälzten.

Am nächsten Tag mußte Fräulein Anna ihren Posten bei Justizrat Mandelstuhl verlassen.

Verborgene Begabung

Während der Hotelportier, mit dem Rücken gegen ihn gewandt, in den Apparat bellte, beglotzte Rican mit unbestimmter Neugierde den gewaltigen Haufen von Briefen, der soeben hingeschubst worden war. Einer, der in einem umgefallenen Pack nur halb verdeckt stak, wies dasselbe Kuvert auf wie die Briefe Jean Forrains, den Stempel Paris und eine maschinengeschriebene Adresse, von der jedoch nur das Wort Pyrmont lesbar vorstach.

Ohne sich zu besinnen, ja ohne alle Vorsicht schnippte Rican den Brief heraus, stopfte ihn in die Hosentasche und schlenderte krampfhaft aus dem Vestibül.

Draußen las er:

Madame Madame Irene de Groit.

Meine Liebe, vergiß nicht, daß Du nicht länger als zwei Tage auf Dich warten lassen darfst. Hier geht alles gut. M. hockt auf dem Sofa und harrt. Sobald Du hier bist und kittest, hole ich den Kleinen. Bs. Expedition, die ich, fast wie Du sie voröltest, abblies, macht hoffentlich die Sache glatter. B. ist wirklich gänzlich unbenützbar. Sie hat, man denke, Ausbrüche! Schade um die Zeit, die ich damit verputzte, ihr Haltung beizubringen. Den Kleinen sondiere bitte sofort nach meinem Rezept. Tue etwas gebildet, leise kompliziert. Der Junge fliegt darauf. Anbei den Durchschlag des Briefes an B., damit Du im Ölbilde bist. Gute Trinkgelder geben! Dem Kleinen aber nicht Centimes Anblick mehr! Vielleicht, wenn es sich vertikal tun läßt, kitzle ihn, sich bei B. zu blamieren. Adresse unverändert.

Maurice.

Der Brief an B. lautete:

Meine vielgeliebte Bianca,

plötzlich gezwungen, abzureisen. Es war nicht anders möglich. Du nimmst morgen den Frühzug um 4 Uhr 30 nach Genf, wo ich Dich nachmittags 6 Uhr im Café de la Couronne erwarte. Deine Anwesenheit allerwichtigst! Alles Weitere mündlich. Beweise mir jetzt endlich einmal, daß ich mich auf Dich verlassen kann. Auf Wiedersehen.

Dein Etienne.

p.s. Was Rican betrifft: dummer Junge! Aber doch Vorsicht!

Eine Viertelstunde später stemmte Bianca Rican das Original dazu schweigend entgegen, ließ sich auf die Chaiselongue plumpsen und heulte.

Rican schob ihr den Brief nach der zum Lesen erforderlichen Zeit auf die Knie.

Sie bemerkte es nicht sofort. Dann aber zerriß sie ihn aufschreiend und stampfte mit den Füßen auf die Fetzen.

Rican streichelte ihr gleichgültig, nur um etwas zu tun, die zukkende nackte Schulter.

„Ah, er ist mit Irene abgereist! Je l'emmerde!" Bianca, deren Aufregung sich stets französisch äußerte, schnellte auf und rannte, die Fäuste unterm Kinn schüttelnd, auf und ab. „Ah, je vais me venger. Das wird er bereuen!"

Rican wandte sich ab. So sehr hatte die tränenverschmierte Schminke ihr Gesicht entstellt, daß er lächeln mußte.

Plötzlich aber zerrte sie ihn neben sich auf die Chaiselongue. „Wissen Sie vielleicht etwas?"

Ricans Hand zuckte schon nach der Tasche. In diesem Moment aber gefiel ihm Bianca mit einem Mal. Er log blindlings: „Ja, Irene ist nicht in Paris, sondern in Lyon."

„Glaube ich nicht."

„Ich bin überzeugt davon." Und er begründete es sehr plausibel.

Bianca schluckte ein paar Mal. „Non, non," und ordnete ihr wirres Haar so flüchtig, daß sie es noch mehr dérangierte.

Rican schlug ihr in vagem Hoffen vor, an Irene zu depeschieren; sie könnte in drei Stunden Antwort haben, da die Vorstellung der Lyoner Alhambra erst nach 11 Uhr zu Ende sei.

Bianca fuhr jäh empor, starrte Rican sekundenlang voll wilden Jubels an, schrie: „Ah, c'est grandiose!" und stürzte ihm um den Hals.

Rican wucherte diese Unbesonnenheit eine halbe Stunde lang aus, während welcher Bianca sehr unhöfliche Rufe versendete wie: „Ah, c'est chouette . . . cette grue!" „Que je suis heureuse . . . cette brute!" „Va donc télégraphier . . . Je vais me venger quand même . . ." etc.

Da klopfte es.

Rican freute sich so, daß er erzitterte: er hatte die Tür nicht abgesperrt.

Gleichzeitig erblondete in der Türspalte das Köpfchen Irenes. Sie hatte kaum die Situation überblickt, als sie auch schon mitten ins Zimmer wippte und, die Hände in den Hüften aufgestellt, bald Rican, bald Bianca höhnisch musterte.

Bianca setzte sich im Nu auf und rief freudeblassen Gesichts: „Rican, schmeiß sie hinaus!"

Rican lächelte überirdisch.

Irene lächelte noch frecher, schwenkte sich an ihn heran und stieß ihn sachte mit dem Fuß.

Rican wurde steif vor Erstaunen.

In dem schmalen schönen Gesicht Irenes spitzte sich ein Wunsch, während sie Rican zuraunte: „Ich erwarte Sie sofort bei mir."

„Hinaus!" zeterte Bianca.

Rican nickte unmerklich. Dann warf er den Kopf verächtlich nach hinten.

Irene lachte gutes Theater, ließ, von sich selber entzückt, einen schrillen Ton einströmen, so daß es beinahe wie Geschrei klang, verstummte wirkungsvoll und murmelte: „Tant mieux." Hierauf wippte sie hinaus.

„Ah, c'est grandiose!" Und sogleich hüpfte sich Bianca in fieberhafte Tätigkeit.

„Wann willst du abreisen?" Rican arrangierte seine Toilette.

„Schon heute abend natürlich . . . Er hat mit ihr gebrochen, Rican . . . Ah, c'est grandiose!"

„Ich komme in zwei Stunden wieder."

„Gut . . . Sie kam nur, um mich auszuhorchen . . . cette grue!"

„Selbstverständlich."

Sie küßte ihn fest und stieß ihn gegen die Tür. „Bitte, Rican, klingle doch Annette! . . . Und . . . du leugnest alles."

„Das ist doch klar . . ." –

Irene knipste das Zimmer dunkler, während sie Ricans Unterarm mit Daumen und spitzgestelltem Zeigefinger begrüßte. „Ich bin aufs äußerste überrascht."

„Lyrik." Rican liebkoste seinen stattlichen Adamsapfel.

„Ach was! Sie machen Dummheiten!" Irenes Stirnlocke flatterte verheißungsvoll.

„Die eigenen sind immerhin interessanter als die fremden."

Irene machte sich bereits feuchte Lippen. „Und Jean? Er hat es Ihnen doch verboten!"

„Ich habe keinen Centime mehr."

„Und Bianca?"

,,Seit Wochen mein Portemonnaie, gewiß," log er prächtig. ,,Aber . . ."

,,W-a-a-s?"

,,. . . aber gegenwärtig hat sie nicht einmal das Geld zur Reise." Rican schnüffelte zart im Zimmer umher und rieb sich gleichzeitig die Hemigloben am Kamin.

Irene schlängelte sich besorgt aufs Bett und begann, intensiv ihre Fingernägel zu säubern.

Rican rieb sich siegesgewiß weiter.

,,Sie kapieren mehr, als ich dachte. Hören Sie!" Und schon spielte sie mit seinem Handballen, den sie kratzte und kniff. ,,Ich gebe Ihnen vierhundert Francs. Zweihundertfünfzig für Sie, wenn Sie mit dem Rest Bianca expedieren."

,,Dreihundertfünzig für mich und Bianca expreßt heute noch."

,,Hat Zeit bis morgen . . . Zweihundertfünfzig und – mich."

,,Dreihundertfünfzig! *Sie* sind doch selbstverständlich!" Ricans Augen verwilderten sich kurz, dieweil Irene höchste Verblüffung trieb.

Schnell umkrallte er ihre Schenkel, schulterte die gedämpft Kreischende und warf sie nach strammem Marsch ins Bett . . .

Nachher heuchelte sie innig: ,,Aber du schwimmst doch jetzt mit mir!"

Rican vernahm dieses ‚Aber' vergnügten Knurrens und biß ihr zustimmend in die Achsel . . .

Biancas Fußspitzen klopften sehr beglückt den Teppich, als Rican hereinstürmte. Vor seinen erregten Zügen aber rutschte sie fast vom Koffer.

,,Voilà!" Rican preßte ihr den Brief Forrains (Maurice') an Irene in die Hand und postierte sich düster in eine Ecke.

Als Bianca, die Lider tränenbesetzt, endlich aufblickte, sagte er sachlich: ,,Gib mir zweihundert Francs und ich expediere Irene."

,,Zwei . . .?"

,,Sofort. Und Forrain kommt reuig zurück!"

Selbstverständlich bekam er das Geld . . .

Drei Stunden später bestieg er den Schnellzug nach London.

Am nächsten Morgen aber erhielt Irene folgendes Briefchen:

,,Madame, ich wußte stets alles. Paris hat ausgeblasen. M. hockt nicht mehr auf dem Sofa. Für Sie gibt's da nichts mehr zu kitten. Bianca aber ist benützbarer, als Sie auch nur ahnen. Auf Ihre

Rezepte falle ich nicht hinein. Ich bin immer im Ölbilde. Sobald es sich vertikal tun läßt, kitzle ich . . . Alles Horizontale.

Ihr Rican.

p.s. Soeben Depesche: Forrain in Paris verhaftet. Sie sehen: ich bin Kavalier."

Psychotisch geworden, fuhr Irene straks nach Verona, allwo sie einen Pietro besaß.

Nach drei Tagen erschien Forrain verstört in Pyrmont und wunderte sich so, daß er, verborgene Begabung vermutend, bei Bianca schlief.

Zu den Texten

ZUM BLAUEN AFFEN wurde erstmals 1921 in einer Auflage von tausend Exemplaren als 91.-98. Band der Sammlung „Die Silbergäule“ des Paul Steegemann Verlages (Hannover) veröffentlicht. 1923 erschien bei Steegemann eine neugesetzte überarbeitete Ausgabe (2.-6. Tausend) dieses Buches, die 1927 als Titelauflage in die siebenbändige Werkausgabe „Die Bücher von Walter Serner“ desselben Verlages aufgenommen wurde. Beide Auflagen haben den Untertitel „Dreiunddreißig hahnebüchene Geschichten“, während in der unserer Edition zugrundeliegenden Werkausgabe Serners Erzählungen einheitlich als „Kriminalgeschichten“ bezeichnet werden.

In der Fassung letzter Hand wurden zahlreiche Druckfehler der Erstausgabe korrigiert, ‚ss‘ wurde durch ‚ß‘ ersetzt; darüber hinaus finden sich auch kleine Änderungen in Rechtschreibung und Zeichensetzung. Einige gravierendere Abweichungen im Text sind in untenstehender Tabelle aufgeführt.

Offenkundige Druckfehler wurden berichtigt, die häufig eigen- bzw. altertümliche, gelegentlich auch variierende Rechtschreibung des Autors (z. B. ‚Elbogen‘) jedoch beibehalten. Zusätze des Herausgebers stehen in eckigen Klammern.

	1921	1923
S. 37, Z. 30:	ganz wild Gerollter	ganz wild Gestufter
S. 40, Z. 24:	und stotterten wirr	und schwirrten wirr
S. 52, Z. 6:	Nuschas schönen Wuchs	ihren schönen Wuchs
S. 73, Z. 7:	Simas ganzer Körper	Simas Körper
S. 86, Z. 30:	der ältlichen Dame	der älteren Dame
S. 102, Z. 16:	Hotel Negri	Hotel Negresco
S. 123, Z. 20:	Rue St. Anne	Rue Fontaine

Über Walter Serner

Walter Serner wurde am 15. Januar 1889 als Halbjude in Karlsbad geboren. In der von seinem Vater herausgegebenen *Karlsbader Zeitung* veröffentlichte er, zunächst noch unter seinem Geburtsnamen Seligmann, erste Essays und Kritiken. Nach dem Jurastudium und der Promotion in Wien und Greifswald mußte Serner in die Schweiz fliehen, weil er mißbräuchlich als »Dr. W. Serner« dem desertierten expressionistischen Dichter Franz Jung ein medizinisches Attest ausgestellt hatte. In Zürich gab Serner 1915/16 die Zeitschrift *Sirius* heraus und schloß sich 1917 dem *Mouvement Dada* an. Sein Manifest *Letzte Lokkerung* löste einen handfesten Literaturskandal aus und wurde von Serners Schriftstellerkollegen Tristan Tzara so erfolgreich plagiiert, daß dieser mit seinem französischen *Manifest Dada 1918* bis heute als Begründer und Theoretiker des Dada gilt.

Serner brach daraufhin mit der Dada-Bewegung und verfaßte in der Folgezeit, während ihn ein unstetes Reiseleben kreuz und quer durch Europa führte, seine berühmten Geschichten und Erzählungen aus dem Ganoven- und Halbweltmilieu.

1928 verlor sich plötzlich die Spur Serners in der Öffentlichkeit – er war wie vom Erdboden verschwunden. Ähnlich wie im Falle B. Travens schossen seitdem die Gerüchte ins Kraut: Serner habe sich endgültig in die Unterwelt abgesetzt, mit der er seit jeher ja auf verdächtig vertrautem Fuße gestanden habe; er sei internationaler Hochstapler, Mädchen- oder Heroinhändler geworden. In Wirklichkeit hatte Serner, wie Thomas Milch vor wenigen Jahren herausfinden konnte, sich lediglich in die Anonymität zurückgezogen, getreu seiner Maxime: »Das beste Buch ist das unterlassene.« 1938 heiratete er seine langjährige Freundin Dorothea Herz und ließ sich in Prag nieder, wo er als Lehrer arbeitete.

Serner, dessen Bücher 1933 verboten und verbrannt wurden, wohnte bis 1942 im Prager Ghetto. Am 1. August 1942 wurde er mit seiner Frau in das Konzentrationslager Theresienstadt abtransportiert; kurz darauf fiel er der Vernichtungsmaschinerie des Dritten Reiches zum Opfer.